हिन्द पॉकेट बुक्स

प्रेम या वासना

लियो टॉलस्टाय उन्नीसवीं सदी के सर्वाधिक सम्मानित लेखकों में से एक हैं। उनका जन्म रूस के एक संपन्न परिवार में हुआ था। उन्होंने रूसी सेना में भर्ती होकर क्रीमियाई युद्ध (1855) में भाग लिया, लेकिन अगले ही वर्ष सेना छोड़ दी। लेखन के प्रति उनकी रुचि सेना में भर्ती होने से पहले ही जाग चुकी थी। उनके उपन्यास *युद्ध और शान्ति* (1865-69) तथा *आन्ना करेनिना* (1875-77) साहित्यिक जगत में क्लासिक रचनाएँ मानी जाती हैं।

धन-दौलत व साहित्यिक प्रतिभा के बावजूद लियो टॉलस्टाय मन की शांति के लिए तरसते रहे। अंततः 1890 में उन्होंने अपनी धन-संपत्ति त्याग दी। अपने परिवार को छोड़कर वे ईश्वर व गरीबों की सेवा करने हेतु निकल पड़े। उनके स्वास्थ्य ने अधिक दिनों तक उनका साथ नहीं दिया। आखिरकार 20 नवम्बर 1910 को अस्तापवा नामक एक छोटे से रेलवे स्टेशन पर इस धनिक पुत्र ने एक गरीब, निराश्रित, बीमार वृद्ध के रूप में मौत का आलिंगन कर लिया।

प्रेम या वासना

लियो टॉलस्टाय

हिन्द पॉकेट बुक्स
पेंगुइन रैंडम हाउस इम्प्रिंट

हिन्द पॉकेट बुक्स

यूएसए | कनाडा | यूके | आयरलैंड | ऑस्ट्रेलिया | सिंगापुर
न्यू ज़ीलैंड | भारत | दक्षिण अफ्रीका | चीन

हिन्द पॉकेट बुक्स, पेंगुइन रैंडम हाउस ग्रुप ऑफ़ कम्पनीज़ का हिस्सा है,
जिसका पता global.penguinrandomhouse.com पर मिलेगा

पेंगुइन रैंडम हाउस इंडिया प्रा. लि.,
चौथी मंजिल, कैपिटल टावर -1, एम जी रोड,
गुड़गांव-122002, हरियाणा, भारत

पेंगुइन
रैंडम हाउस
इंडिया

प्रथम हिन्दी संस्करण हिन्द पॉकेट बुक्स द्वारा 1960 में प्रकाशित
यह हिन्दी संस्करण हिन्द पॉकेट बुक्स में पेंगुइन रैंडम हाउस द्वारा 2021 में प्रकाशित

10 9 8 7 6 5 4 3 2

ISBN 9789353493967

मुद्रकः रेप्रो इंडिया लिमिटेड

www.penguin.co.in

FSC www.fsc.org MIX Paper from responsible sources FSC® C047271

This is a legitimate digitally printed version of the book and therefore might not have certain extra finishing on the cover.

प्रेम या वासना

"......लेकिन मैं तुमसे कहता हूं कि जो भी वासना की दृष्टि से औरत को देखता है, समझ लो कि वह अपने दिल में उससे व्यभिचार कर चुका है।" —मथ्यू, 5. 28

बहार का मौसम अभी शुरू ही हुआ था। हम करीब दो दिनों से सफर कर रहे थे। छोटे फासलों तक का सफर करनेवाले मुसाफिर डिब्बे में आते-जाते रहे, लेकिन मेरी तरह के तीन और मुसाफिर जहां से ट्रेन चली थी, वहीं से सफर कर रहे थे। मुसाफिरों में अधेड़ उम्र की एक बदसूरत औरत थी, जिसका चेहरा रूखा था, जिसने मर्दाने ढंग का कोट और हैट पहन रखा था और जो सिगरेट पी रही थी। दूसरा मुसाफिर इस औरत का परिचित था। उसकी उम्र करीब चालीस बरस की थी। वह बड़ा बातूनी था। उसका सामान नया और साफ-सुथरा था। तीसरा आदमी सबसे अलग बैठा था। वह मंझले कद का था, उसकी हरकतें आवेशपूर्ण थीं। वह अभी बूढ़ा नहीं हुआ था, लेकिन बुढ़ापे से पहले ही उसके बाल सफेद हो गए थे। उसकी आंखों में एक असाधारण चमक थी और वे तेज़ी से एक के बाद दूसरी चीज़ को देख रही थीं। उसने अस्त्राखान[1] की टोपी पहन रखी थी, उसके पुराने कोट पर भी अस्त्राखान के कॉलर थे। साफ ज़ाहिर था कि किसी बढ़िया दर्ज़ी ने उन्हें तैयार किया था। जब उसने कोट के बटन खोले तो उसके भीतर से रूसी वास्कट और रूसी कमीज़ नज़र आई, जिसके कॉलर पर कढ़ाई की हुई थी। इस सज्जन की एक विशेषता यह थी कि वह रह-रहकर मुंह से

1. एक किस्म की कीमती फर

विलक्षण आवाज़ें निकालता था जैसे कोई अपना गला खंखार रहा हो या अपनी हंसी को फौरन दबा रहा हो।

पूरे सफर में इस आदमी ने दूसरे मुसाफिरों के संपर्क और बातचीत से बचने की बेहद कोशिश की। जब भी कोई उससे बात करता तो वह संक्षिप्त और मुंहफट जवाब देता। वक्त गुज़ारने के लिए वह किताब पढ़ता, खिड़की से बाहर देखता, सिगरेट पीता या अपने पुराने थैले में खाने की कोई चीज़ तलाश करता, फिर चाय पीता या कुछ खाता।

मुझे लगा कि वह एकान्त के बोझ से दबा हुआ है। मैंने उससे बात करने की कई बार कोशिश की, लेकिन हर बार जब हमारी नज़रें मिलतीं (जोकि अक्सर होता था, क्योंकि हम आमने-सामने बैठे थे) तो वह मुंह फेरकर कोई किताब उठाने लगता या खिड़की से बाहर देखने लगता।

एक बड़े स्टेशन पर जब गाड़ी ज़्यादा देर के लिए रुकी तो यह बेचैन आदमी बाहर जाकर उबलता हुआ पानी ले आया और उसने चाय बनाई। साफ-सुथरे असबाबवाला आदमी (मुझे बाद में पता चला कि वह एक वकील था) और उसकी महिला मित्र, जिसने मर्दाने ढंग का कोट पहन रखा था और जो सिगरेट पी रही थी, स्टेशन के रेस्तरां में चाय पीने के लिए चले गए।

उनकी गैरहाज़िरी में बहुत-से नये मुसाफिर डिब्बे में आ गए, जिनमें एक लंबा क्लीन शेव्ड, झुर्रियोंवाला बूढ़ा भी था, जो देखने में व्यापारी मालूम होता था। उसके कोट के भीतर फर लगी थी, कपड़े की टोपी के ऊपर उसने एक बहुत बड़ा कंटोप लगा रखा था। व्यापारी उस सीट के ऐन सामने आकर बैठ गया, जहां वकील और महिला बैठे थे, और फौरन उसने एक नौजवान से बातचीत शुरू कर दी, जो अभी डिब्बे में दाखिल हुआ था और किसी दुकान का कर्मचारी दिखाई देता था।

मैं उनके सामने की सीट पर तिरछा बैठा था। चूंकि ट्रेन अभी खडी थी, इसलिए जब लोग वहां आते-जाते नहीं थे, तो मुझे उनकी बातचीत के कुछ अंश सुनाई दे जाते थे। व्यापारी ने बताया कि वह अपने देहात के मकान में

जा रहा है, जो सिर्फ एक स्टेशन दूर है। फिर वे व्यापार और कीमतों की चर्चा करने लगे। इसके बाद मॉस्को की मंडी और निज़नी नोवगोरोद के मेले की बातें शुरू हुई। दुकान के कर्मचारी ने उन अमीर व्यापारियों के किस्से सुनाए, जिन्होंने निज़नी नोवगोरोद के मेले में व्यभिचार किया था। इन व्यापारियों से वे दोनों जने परिचित थे, लेकिन बूढ़े ने उसे बीच में टोककर कुनावीनो में हुए व्यभिचारों के किस्से सुनाए, जिनमें स्वयं उसने भी हिस्सा लिया था।

साफ़ ज़ाहिर था कि उसे इस बात पर गर्व था। चेहरे पर विजेता का भाव लाकर उसने बताया कि शराब के नशे में धुत् होकर कैसे उसने और उसके उस परिचित ने एक ऐसा काम किया था, जिसे बताने के लिए उसे फुसफुसाहट का आश्रय लेना पड़ा। दुकान के कर्मचारी ने इतनी ज़ोर का ठहाका लगाया कि सारा डिब्बा गूंज उठा। बूढ़ा भी हंस उठा और उसके दो लंबे, पीले दांत नज़र आने लगे।

मुझे उम्मीद नहीं थी कि कोई दिलचस्प बात वहां सुनाई देगी, इसलिए ट्रेन चलने तक प्लेटफार्म पर चहलकदमी करने के इरादे से मैं उठ खड़ा हुआ। दरवाज़े में वकील और महिला से मुलाकात हुई, जिनमें गर्मागर्म बहस छिड़ी हुई थी।

"अब घूमने का वक्त नहीं है। किसी क्षण भी दूसरी घंटी बजनेवाली है।" मिलनसार वकील ने मुझसे कहा।

और सचमुच मैं अभी ट्रेन के आखिरी डिब्बे तक पहुंचा भी नहीं था कि आखिरी घंटी बज उठी। जब मैं डिब्बे में लौटा तो वकील और महिला में पूर्ववत् जोशीली बहस छिड़ी हुई थी। बूढ़ा व्यापारी उनके सामने खामोशी से बैठा टकटकी लगाकर देख रहा था और बीच-बीच में अपने दांतों को चबाकर अपनी असहमति प्रकट कर रहा था।

जब मैं उधर से गुज़रा तो वकील मुस्कराकर कह रहा था, "और उसने साफ-साफ अपने पति से कह दिया कि वह अब उसके साथ न रह सकती है, न रहेगी, क्योंकि..."

लेकिन बाद की बात खो गई। मेरे पीछे दूसरे मुसाफिर थे। फिर कंडक्टर डिब्बे में आया, उसके बाद एक कारीगर ट्रेन के पीछे-पीछे भागने लगा। कुछ देर के लिए इतना शोर और गड़बड़ मची कि मुझे कोई बात सुनाई न दे सकी।

जब डिब्बे में कुछ शांति हुई और वकील की आवाज़ फिर मुझ तक पहुंचने लगी, उस वक्त उस खास मामले की बजाय एक साधारण स्थिति पर बहस हो रही थी। वकील कह रहा था कि यूरोप में तलाक का सवाल महत्त्वपूर्ण बन गया है, और रूस में भी तलाक एक आम चीज़ होती जा रही है। यह देखकर कि सिर्फ उसीकी आवाज़ को लोग सुन रहे हैं, उसने बूढ़े को सम्बोधित किया, "पुराने वक्त में तो ऐसा नहीं होता था, क्यों?" वकील के चेहरे पर एक मधुर मुस्कान थी। बूढ़ा अभी जवाब में कुछ कहने ही वाला था कि ट्रेन चल पड़ी। बूढ़े ने टोपी उतारकर अपने शरीर पर क्रॉस का चिह्न बनाया और फुसफुसाकर प्रार्थना करने लगा। वकील ने शिष्टतापूर्वक नज़रें दूसरी तरफ फेर लीं और वह प्रार्थना खत्म होने की इन्तज़ार करने लगा। प्रार्थना के बाद बूढ़े ने तीन बार फिर क्रॉस का चिह्न बनाया, अपनी टोपी सर पर पहनकर कानों पर खींच ली, फिर आराम से सीट पर बैठकर कहना शुरू किया :

"पुराने वक्त में ऐसी बातें होती थीं, लेकिन बहुत कम। खैर, आजकल तो ऐसा होगा ही। लोगों को ज़रूरत से ज़्यादा तालीम मिल रही है।"

गाड़ी के लाइन बदलने से झनझनाहट हुई और उसकी रफ्तार भी तेज़ हो गई। मेरे लिए सुनना मुश्किल हो गया। चूंकि मुझे वह मामला दिलचस्प मालूम हुआ था, इसलिए मैं बोलनेवालों के नज़दीक एक सीट पर जाकर बैठ गया।

मेरे पड़ोसी को भी, जो चमकीली आंखोंवाला बेचैन आदमी था, यह बातचीत दिलचस्प मालूम हुई, क्योंकि वह अपनी सीट से ही आगे झुककर सारी बातें सुन रहा था।

"क्या तालीम पाना बुरी बात है?" महिला ने एक क्षीण मुस्कान के साथ

पूछा, "आपके ख्याल में क्या पुराने ढंग की शादी बेहतर है, जब दूल्हा और दुलहिन शादी से पहले एक-दूसरे की शक्ल तक नहीं देखते थे?"

बहुत-सी औरतें यह नहीं सुनतीं कि दूसरा आदमी क्या कह रहा है, बल्कि उसने क्या कहा होगा, इसकी कल्पना करके अपने-आप जवाब देने लगती हैं। इसी तरह वह महिला अपने सवाल का जवाब देती गई, "वे एक-दूसरे से प्यार करते हैं या कभी कर सकेंगे या नहीं, यह सोचे बगैर लोग किसीसे भी शादी कर लेते थे और फिर बाकी ज़िन्दगी तकलीफें झेलते थे। आपके ख्याल में क्या ऐसी शादियां बेहतर थीं?" साफ ज़ाहिर था कि वह बूढ़े की बजाय मेरे और वकील के सामने ही दरख्वास्त कर रही थी।

"आजकल लोगों को बहुत ज़्यादा तालीम मिल रही है।" व्यापारी ने महिला की तरफ नफरत-भरी निगाह डालकर अपनी बात दुहराई और उसके सवाल का जवाब तक नहीं दिया।

"तालीम और दुःखी शादियों में आपको कौन-सा सम्बन्ध दिखाई देता है?" वकील ने एक शिथिल मुस्कान के साथ पूछा।

व्यापारी जवाब में कुछ कहने ही वाला था कि महिला ने बीच में टोककर राय दी :

"ओह नहीं, वह ज़माना तो अब कभी लौटकर नहीं आ सकता।"

"ठहरो, इन्हें अपनी राय बताने दो।" वकील ने कहा।

"तालीम के साथ-साथ लोगों में बहुत-सी बेवकूफियां भी आ जाती हैं।" बूढ़े ने निश्चयात्मक ढंग से कहा।

"जो एक-दूसरे को नहीं चाहते, उनकी शादी कर दी जाती है। फिर लोगों को ताज्जुब होता है कि पति-पत्नी दुःखी क्यों हैं!" महिला ने मेरी तरफ, वकील की तरफ और यहां तक कि दुकान के कर्मचारी की तरफ भी, जो खड़ा हो गया था और सीट की पीठ का सहारा लेकर मुस्कराता हुआ सारी बातें सुन रहा था, नज़र डाली और जल्दी से कहा, "मालिकों की ख्वाहिश से सिर्फ जानवरों की जोड़ियां इस तरह मिलाई जा सकती हैं। इन्सानों की अपनी

पसंद-नापसंद होती है।" ज़ाहिर था कि उसने बूढ़े के दिल को चोट पहुंचाने के इरादे से ही यह बात कही थी।

"जो बात तुम कह रही हो, वह सही नहीं है, भली औरत!" बूढ़े ने कहा, "जानवर तो जानवर हैं; इन्सान किसी उसूल पर चलते हैं।"

"और आपके ख्याल में अगर कोई किसी से प्यार नहीं करता तो उसके साथ कैसे रहे?" महिला ने कहा। वह जिन विचारों को नवीन समझती थी, उनका प्रदर्शन करने के लिए उत्सुक दिखाई देती थी।

"पहले इस तरह के फर्क नहीं किए जाते थे।" बूढ़े ने ज़ोर देकर कहा, "यह नये किस्म का ख्याल है। पहले किसी औरत के मुंह से यह बात नहीं सुनाई देती थी—'मैं तुम्हें छोड़कर चली जाऊंगी।' अब तो किसानों ने भी नई शैली अपना ली है। औरत कहती है, 'यह लो अपनी कमीज़ें और ब्रीचिज़। मैं वान्या के साथ जा रही हूं। उसके बाल ज्यादा घुंघराले हैं।' देखा न! औरत के दिल में डर रहना चाहिए।"

दुकान का कर्मचारी बारी-बारी से वकील को, मुझे और उस महिला को देख रहा था। वह अपनी मुस्कराहट को दबाने की कोशिश कर रहा था और इस इन्तज़ार में था कि व्यापारी की बात का अवसर देखकर वह उसका समर्थन करेगा या हंसेगा।

"किस बात का डर होना चाहिए?" महिला ने पूछा।

"क्या? पति का डर और किसका!"

"भले आदमी, इसका ज़माना बीत गया है!" महिला ने चिढ़कर कहा।

"नहीं, भली औरत, इस बात का ज़माना कभी नहीं बीतेगा। हव्वा मर्द की पसली में से बनाई गई थी, और वह कयामत तक इसी तरह रहेगी।" बूढ़े ने इतनी सख्ती से और सिर को इतने विश्वासपूर्वक हिलाकर कहा कि दुकान के कर्मचारी ने फौरन फैसला कर लिया कि बूढ़े की जीत हुई है और वह ज़ोर से ठहाका मारकर हंस पड़ा।

"सिर्फ आप मर्द लोग ही इस ढंग से सोचते हैं।" महिला ने कहा। उसकी नज़रों से लगता था कि वह हारी नहीं थी। "आप लोगों ने सारी आज़ादी खुद ले ली है और आप हम औरतों को कैद में रखना चाहते हैं। अपने लिए तो मनमानी करने का हक आपने ले लिया है।"

"यह हक हमें कोई देता नहीं। लेकिन मर्द जो करता है उससे परिवार में वृद्धि नहीं होती, जबकि औरत ऐसी चीज़ है कि उसे संभालकर रखना पड़ता है।" बूढ़े ने पहले की तरह प्रभावशाली आवाज़ में कहा।

इस अंदाज़ से श्रोतागण जैसे उसकी दलील को मान गए; महिला ने महसूस किया कि उसके मकसद को नुकसान पहुंचा है, फिर भी उसने हथियार नहीं डाले।

"लेकिन आपको यह तो मानना ही पड़ेगा कि औरत भी इन्सान है और मर्द की तरह उसकी भी भावनाएं होती हैं। अगर वह अपने पति को न चाहे तो वह क्या करे?"

"न चाहे?" व्यापारी ने अपनी भौंहों और होंठों को नीचे लटकाकर क्रुद्ध स्वर में यह बात दुहराई, "उसे चाहना सीखना चाहिए!"

इस अप्रत्याशित उत्तर ने दुकान के कर्मचारी को विशेष रूप से गुदगुदा दिया और उसके मुंह से समर्थन में एक हुंकार निकली।

"औरत को इस तरह का कोई काम नहीं करना चाहिए। अगर वह पति को नहीं चाहती तो उसे चाहने के लिए मजबूर नहीं किया जा सकता!" महिला ने कहा।

"और अगर पत्नी पति के प्रति वफादार न हो?" वकील ने पूछा।

इसकी इजाज़त ही नहीं होनी चाहिए।" बूढ़े ने कहा, "इसके लिए कड़ी निगरानी रखनी पड़ेगी।"

"लेकिन अगर ऐसी बात हो जाए तब? आखिर ऐसी बातें होती ही हैं।"

कुछ लोगों में शायद होती हों, लेकिन हमारे वर्ग में नहीं होतीं।" बूढ़े ने कहा।

सब खामोश रहे। दुकान का कर्मचारी पैर हिला-डुलाकर आगे सरक आया और मुस्कराकर बोलने लगा। वह भी बातचीत में भाग लेने के लिए उत्सुक मालूम होता था।

"एक बार मेरे मालिक के खानदान में बदनामी की एक बात हुई थी। किसीको दोष देना बहुत मुश्किल था। मालिक के बेटे की बीवी बदचलन निकली, उसने अपनी करतूते दिखाईं। वह एक लायक और शरीफ नौजवान था। पहले तो मुनीम से उस औरत का प्रेम-संबंध हुआ। पति ने उसे समझा-बुझाकर सही रास्ते पर लाने की कोशिश की, लेकिन इसका कोई फायदा न निकला। वह बड़ी बुरी औरत थी। उसने चोरी शुरू कर दी। पति उसे पीटने लगा। इससे वह और भी बिगड़ गई। फिर उसका प्रेम-संबंध बिना बप्तिस्मा हुए व्यक्ति से—यानी एक यहूदी से हुआ। अगर आप इस बात पर बुरा न मनाएं, अब वह क्या करता ? उसने बीवी को छोड़ दिया। वह अब भी कुंवारे की ज़िन्दगी बसर कर रहा है और उसकी बीवी ग्राहकों की तलाश में सड़कों पर घूमती है !"

"वह आदमी बेवकूफ था !" बूढ़े ने कहा, "अगर वह शुरू से ही उस औरत को इतनी ढील न देता और सख्ती से पेश आता, जैसाकि उसे आना चाहिए था, तो आज भी वह औरत उसके साथ होती। शुरू से ही उन्हें मनमानी करने देना गलत है। चरागाह में घोड़े पर और घर में बीवी पर कभी एतवार नहीं करना चाहिए।"

इसी वक्त अगले स्टेशन की टिकटें इकट्ठी करने के लिए कंडक्टर वहां आ गया। बूढ़े ने उसे अपनी टिकट दी।

"हां, औरतों को शुरू से ही काबू में रखना चाहिए, वरना तबाही आ जाती है।"

"और अभी कुछ देर पहले आपने कहानी सुनाई थी कि कुनावीनो के मेले में आप सारे शादीशुदा लोगों ने क्या-क्या हरकतें कीं, उसके बारे में आपको क्या कहना है ?" मैं कहे बगैर न रह सका।

"वह अलग बात है।" व्यापारी ने कहा और फिर चुप्पी धारण कर ली।

जब सीटी बजी तो बूढ़े ने उठकर, सीट के नीचे से अपनी बोरी घसीटकर बाहर निकाली, ग्रेटकोट पहना और टोपी उठाकर बाहर चला गया।

2

उसके जाते ही बहुत-से लोग एकसाथ बोल उठे, "पुराने ढंग के आदमी हैं!"

दुकान के कर्मचारी ने कहा, "पितृसत्ताक ज़माने का तानाशाह!" महिला बोली, "औरतों और शादी के बारे में उसके ख्याल कितने दकियानूसी हैं!"

"शादी के बारे में यूरोपियनों के विचारों से हम काफी पीछे हैं।" वकील ने कहा।

"ऐसे लोग सबसे महत्वपूर्ण इस बात को नहीं समझ पाते कि बिना प्यार की शादी कोई शादी नहीं होती, सिर्फ प्यार से ही शादी की पवित्रता बनती है और जिस शादी में प्यार की पवित्रता रहती है, वही असली शादी है।"

दुकान का कर्मचारी यह बात सुनकर मुस्करा रहा था। वह भविष्य में इस्तेमाल के लिए यथासंभव चतुराई की बातों को याद कर लेना चाहता था।

औरतों की बात के बीच में मुझे पीछे से आवाज़ सुनाई दी। लगता था जैसे कोई दबे स्वर में हंस रहा हो या सिसक रहा हो। पीछे मुड़कर देखने पर मुझे सफेद बालों और चमकदार आंखोंवाला अपना एकाकी पड़ोसी दिखाई दिया। हम लोगों ने नहीं देखा था कि हमारी बातचीत के दौरान वह नज़दीक सरक आया था। ज़रूर उसे हमारी बातचीत में दिलचस्पी थी। वह सीट की पीठ का सहारा लेकर खड़ा था और बहुत अधिक उत्तजित दिखाई दे रहा था। उसका चेहरा लाल था और गालों की मांसपेशियां हिल रही थीं।

"वह प्यार...प्यार...प्यार कैसा है जिससे शादी पवित्र हो जाती है?" वह

हकला रहा था।

उसकी उत्तेजना देखकर महिला ने कोमल और संजीदा स्वर में जवाब दिया :

"सच्चा प्यार! अगर किसी मर्द और औरत में सच्चा प्यार हो तभी शादी मुमकिन हो सकती है।"

"हां, लेकिन सच्चा प्यार क्या चीज़ है? इसे हम कैसे समझ सकते हैं?" चमकीली आंखोंवाले आदमी ने घबराहट और शर्म-भरी मुस्कान के साथ पूछा।

"हर कोई जानता है सच्चा प्यार क्या होता है।" महिला ने जवाब दिया। वह बातचीत फौरन खत्म करने के लिए उत्सुक थी।

"मैं नहीं जानता। आप जो कहना चाहती हैं, उसकी परिभाषा जरूरी है।"

"यह तो सीधी-सी बात है।" महिला ने कहा। फिर वह रुककर कुछ सोचने लगी, "प्यार? प्यार का मतलब है, बाकी सबके मुकाबले में एक व्यक्ति को ज़्यादा चाहना।"

"यह पसन्द कितने समय तक चल सकती है? एक महीना? दो दिन? आधा घंटा?" सफेद बालोंवाले आदमी ने हंसकर पूछा।

"लेकिन ठहरिए, शायद आप किसी और किस्म की बात के बारे में सोच रहे हैं।"

"नहीं, मैं उसी बात के बारे में सोच रहा हूं।"

वकील ने समझाया, "ये कहना चाहती हैं कि शादी की तह में सबसे पहले निष्ठा—जिसे अगर आप चाहें तो प्यार भी कह सकते हैं—होनी चाहिए। अगर यह है तो शादी को...पवित्र चीज़ समझा जा सकता है। इसके अलावा कोई शादी अगर इस पारस्परिक निष्ठा—प्यार की नींव पर नहीं खड़ी तो उसमें कोई नैतिक ज़िम्मेदारियां नहीं रह जातीं। मैं आपकी बात ठीक से समझा हूं न?" उसने महिला की ओर मुड़कर पूछा।

महिला ने सिर हिलाकर सहमति प्रकट की। "और फिर..." वकील ने कहा, लेकिन उस आदमी ने, जिसकी आंखें अंगारों-सी जल रही थीं और

जिसकी उत्तेजना ऐसे बिन्दु पर पहुंच गई थी कि वह अपने को संयत नहीं रख सकता था, बीच में टोककर कहा :

"मैं भी ऐन यही बात कर रहा हूं—एक मर्द या औरत को बाकी सबसे ज़्यादा पसन्द करने की। लेकिन मैं यह पूछता हूं कि—यह पसन्द-नापसन्द कितना अरसा चलेगी ?"

"कितना अरसा ? बहुत लम्बे अरसे तक। कभी-कभी तो सारी ज़िन्दगी तक।" महिला ने अपने कंधे सिकोड़कर कहा।

"लेकिन यह तो सिर्फ उपन्यासों में होता है, ज़िन्दगी में बिलकुल नहीं होता। ज़िन्दगी में एक व्यक्ति के लिए यह खास पसन्द बहुत कम लोगों में कुछ सालों तक चलती है, अधिकांश में कुछ महीनों के लिए, कभी-कभी तो सिर्फ कुछ हफ्तों, दिनों या घंटों के लिए।" उसे इस बात का ऐहसास था कि वह अपनी इस राय से सबके दिलों को आघात पहुंचा रहा है। उसे इसमें खुशी हो रही थी।

"आप क्या कह रहे हैं ? यह सब बात गलत है। लेकिन सुनिए तो !..." हम तीनों एक स्वर में बोल उठे। यहां तक कि दुकान के कर्मचारी के मुंह से भी असहमति की गुर्राहट निकली।

"अरे हां, मैं जानता हूं," सफेद बालोंवाला आदमी इतनी ऊंची आवाज़ में चिल्लाया कि हम सब लोगों की आवाज़ें डूब गईं, "आप लोग उस चीज़ की बात कर रहे हैं, जिसका अस्तित्व कल्पना में है। मैं उस चीज़ की बात कर रहा हूं, जिसका अस्तित्व हकीकत है। खूबसूरत औरत को देखकर एक अनुभूति, जिसे आप प्यार कहते हैं, हर आदमी के दिल में पैदा हो जाती है।"

"लेकिन आप जो बात कह रहे हैं वह बड़ी भयंकर है ! जो भी हो, इंसानों के बीच एक ऐसी भावना है जिसे प्यार कहते हैं और जो कुछ महीने नहीं, बल्कि सालों और पूरी ज़िन्दगी तक चलती है।"

"नहीं, नहीं, ऐसी कोई चीज़ नहीं होती। अगर हम मान लें कि कोई मर्द किसी एक औरत को सारी ज़िन्दगी औरों से ज़्यादा पसंद कर सकता है, तो यह भी मुमकिन है कि वह औरत किसी और को पसंद करती हो। दरअसल परिस्थिति

यही है, और हमेशा से यही रही है।" उसने एक सिगरेट सुलगाते हुए कहा।

"लेकिन यह भी तो मुमकिन है कि दोनों तरफ से यही भावना हो।" वकील ने कहा।

"नहीं, ऐसा नहीं होता।" उस आदमी ने प्रतिवाद किया, "यह उतना ही नामुमकिन है जितना यह उम्मीद करना कि जब किसी छकड़े में मटर लादे जा रहे हैं तो पहले से चुनी हुई दो मटर की फलियां एक-दूसरे के पास-पास ही गिरेंगी। इसके अलावा मर्द और औरत के रिश्ते में संभावना के सिद्धांत की बजाय थकान का सिद्धांत ज़्यादा काम करता है। ज़िन्दगी-भर एक ही मर्द या औरत को चाहना—वाह, यह तो ऐसा ही है जैसे किसी मोमबत्ती से ज़िन्दगी भर जलने की उम्मीद की जाए!" उसने लालच-भरे ढंग से सिगरेट खींचते हुए कहा।

"लेकिन आप सिर्फ शारीरिक प्यार की बात कर रहे हैं। क्या आप नहीं मानते कि प्यार का आधार विचारों की एकता और आत्मिक समानता है?" महिला ने पूछा।

"आत्मिक समानता है? विचारों की एकता?" उस आदमी ने ये शब्द दुहराए। उसके गले से फिर वैसी ही आवाज़ निकल रही थी, जिसकी तरफ पहले मेरा ध्यान गया था, "तब एकसाथ सोने की कोई ज़रूरत नहीं (मेरी गुस्ताखी माफ करें)। लेकिन क्या कभी विचारों की एकता के कारण लोग एकसाथ सोते हैं?" वह विक्षिप्त ढंग से हंसा।

"लेकिन ठहरिए," वकील ने कहा, "तथ्य तो आपकी दलील के खिलाफ जाते हैं। हम संसार में पति-पत्नी का रिश्ता देखते हैं और यह भी देखते हैं कि सारा संसार, कम से कम संसार के अधिकांश लोग, इसी ढंग से रहते हैं और काफी लोग ज़िन्दगी के आखिर तक शादी में वफादारी दिखाते हैं।"

सफेद बालोंवाला आदमी फिर हंस पड़ा, "पहले तो आपने कहा कि शादी की नींव प्यार है, और जब मैंने यह शक ज़ाहिर किया कि शारीरिक प्यार के अलावा और कोई प्यार नहीं होता, तो आप शादी का अस्तित्व दिखाकर प्यार के अस्तित्व को साबित करना चाहते हैं। आजकल शादी सिर्फ एक धोखा है!"

"नहीं, नहीं, मैं इसका प्रतिवाद करता हूं,' वकील ने कहा, "मैंने सिर्फ यह कहा था कि दुनिया में शादियां होती हैं और हमेशा से होती रही हैं।"

"ठीक है, लेकिन वे किस आधार पर खड़ी हैं! शादियां हमेशा ऐसे लोगों में होती हैं और होती आई हैं, जो शादी में कोई न कोई पवित्रता ढूंढ़ते हैं, ऐसी पवित्रता जिसमें कर्तव्य हों और वे उन कर्तव्यों के लिए ईश्वर के प्रति ज़िम्मेदार हों। ऐसे ही लोगों में ये शादियां होती हैं, लेकिन हमारे वर्ग में नहीं होतीं। हमारे लोग शादी में शारीरिक सम्बन्ध के अलावा और कोई चीज़ नहीं देखते, इसलिए उनकी शादियां या तो एक मजबूरी साबित होती हैं या धोखा। इन दोनों पापों में धोखा अपेक्षाकृत छोटा पाप है। पति और पत्नी दूसरों को यह धोखा देते हैं कि उनका प्यार एकनिष्ठ है, जबकि दरअसल वे वफ़ादार नहीं हैं। यह धोखा बुरी चीज़ है, फिर भी इसे बर्दाश्त किया जा सकता है। लेकिन आम तौर पर ऐसा होता है कि पति-पत्नी सारी ज़िन्दगी एक-दूसरे के साथ रहने की ज़िम्मेदारी उठाते हैं, और एक महीने के बाद एक-दूसरे से नफरत करने लगते हैं, एक-दूसरे से अलग होने के लिए बेचैन हो उठते हैं, फिर भी एकसाथ रहते हैं। इसका नतीजा वह अकथनीय मर्मान्तिक पीड़ा होती है, जिससे मजबूर होकर लोग शराब पीते हैं, आत्महत्या करते हैं, कत्ल करते हैं, खुद ज़हर खाते हैं, या एक-दूसरे को ज़हर देते हैं।" उसकी उत्तेजना बढ़ गई थी और वह और भी तेज़ी से बोलता चला जा रहा था। लगता था, उसे इस बात का डर था कि कोई और बीच में न बोल पड़े। जब उसने बात खत्म की तो श्रोताओं में एक किस्म की खामोशी छा गई।

"अरे हां, इसमें शक नहीं कि शादी में कई नाज़ुक घड़ियां आती हैं।" वकील ने इस उत्तेजनापूर्ण और अशोभनीय वार्ता को बन्द करने की उम्मीद से कहा।

"अच्छा, तो आपने मुझे पहचान लिया है?" सफेद बालोंवाले आदमी ने कोमल और संयत स्वर में कहा।

"नहीं, मुझे आपसे मिलने की खुशकिस्मती..."

"इसमें खुशकिस्मती की कोई बात नहीं, मैं पोज़्दनिशेव हूं जिसे उस

नाज़ुक घड़ी में से गुज़रना पड़ा था, जिसका ज़िक्र आपने अभी किया है और जिसने अपनी बीवी को कत्ल किया था।" उसने हममें से हरएक पर तेज़ निगाह डालते हुए कहा।

हमें कहने के लिए कोई बात नहीं सूझ रही थी, इसलिए हम सब खामोश थे।

"खैर, कोई बात नहीं," उसके मुंह से फिर वही अजीब आवाज़ निकली, "लेकिन मैं आपसे माफी चाहता हूं। मैं...नहीं चाहता कि मेरी वजह से आपको शर्मिन्दा होना पड़े।"

"भई, मैं कहता हूं..." वकील ने कहा। वह खुद नहीं जानता था कि 'मैं कहता हूं' से उसका क्या मतलब था।

उसकी तरफ ध्यान दिए बगैर पोज़्दनिशेव फौरन मुड़कर बैठ गया। वकील और महिला में कानाफूसी होने लगी। मैं पोज़्दनिशेव की बगल में खामोश बैठा रहा। अंधेरे की वजह से कुछ पढ़ना नामुमकिन था, इसलिए आंखें मूंदकर मैंने सोने का बहाना किया। इस तरह हम अगले स्टेशन तक खामोशी से सफर करते रहे।

अगले स्टेशन पर उतरकर महिला और वकील ने डिब्बा बदल लिया। कंडक्टर से कहकर उन्होंने पहले से ही इसका इन्तज़ाम कर लिया था। दूकान का कर्मचारी बेंच पर लेटकर सो गया। पोज़्दनिशेव लगातार सिगरेट पीता रहा और उसने चाय भी पी जो उसने उस वक्त तैयार की थी, जब ट्रेन स्टेशन पर खड़ी थी।

जब मैंने आंखें खोलीं और उसकी तरफ देखा तो उसने अचानक दृढ़ और चिढ़े हुए अंदाज़ में कहा, "शायद यह जानने के बाद कि मैं कौन हूं, आपको मेरे साथ रहना बुरा लगता है! अगर ऐसी बात है तो मैं यहां से चला जाऊंगा।"

"ओह, बिलकुल नहीं।"

"तो फिर शायद आप थोड़ी चाय लेंगे? लेकिन, यह बड़ी तेज़ है," उसने प्याले में मेरे लिए थोड़ी-सी चाय उंडेलकर कहा, "लोग बातें करते हैं...और वे हमेशा झूठ बोलते हैं... !" वह बोला।

"आप किसका ज़िक्र कर रहे हैं?" मैंने पूछा।

"उसी बात का, उनके उस प्यार का और उसकी असलियत का। क्या आप बहुत थके हुए हैं?"

"बिलकुल नहीं!"

"अगर आप चाहें तो मैं आपको बताऊंगा कि उसी प्यार की वजह से मैंने कैसा काम कर डाला है।"

"ज़रूर बताइए, अगर आपको बताने में दुःख न हो।"

"न बताने से ज़्यादा दुःख होता है। आप चाय पी लें! क्या यह बहुत ज़्यादा तेज़ है?"

चाय सचमुच बीयर की तरह थी, लेकिन मैंने एक गिलास पिया। इसी वक्त कंडक्टर वहां से गुज़रा। मेरे साथी की जलती हुई आंखें कंडक्टर का पीछा करने लगीं। अपनी कहानी कहने के लिए वह तब तक रुका रहा जब तक कंडक्टर वहां से चला नहीं गया।

3

"अच्छा, तो मैं आपको अपनी कहानी बताऊंगा। आप चाहते हैं न कि मैं आपको सुनाऊं?"

मैंने फिर कहा कि मैं सुनना चाहता हूं। एक मिनट तक रुककर उसने अपने हाथों से चेहरे को रगड़ा और कहानी शुरू की।

"अगर मुझे कहानी कहनी ही है, तो बिलकुल शुरू से कहनी चाहिए। मुझे यह भी बताना चाहिए कि मैंने क्यों शादी की और शादी से पहले मैं कैसा आदमी था।

"शादी से पहले मैं सब लोगों की तरह रहता था—सब लोगों की तरह यानी अपने वर्ग के सब लोगों की तरह। मैं ज़मींदार हूं और यूनिवर्सिटी से मैंने एम० ए० पास किया है। मेरे पास 'मार्शल ऑफ नोबिलिटी' का खिताब भी

था। शादी से पहले मैं और सब लोगों की तरह था—जिसका मतलब है कि मैं दुराचार की ज़िन्दगी बसर करता था और अपने वर्ग के सब लोगों की तरह मुझे विश्वास था कि मैं सही काम कर रहा हूं। मैं अपने को नेक और शरीफ आदमी समझता था। मैंने कभी किसी औरत के साथ ज़बरदस्ती नहीं की। मेरी रुचियां भ्रष्ट नहीं थीं, न ही मैंने अपनी उम्र के कई लोगों की तरह दुराचार को अपनी ज़िन्दगी का सबसे बड़ा मकसद बनाया था। सिर्फ अपनी सेहत की खातिर मैं अपनी शारीरिक ज़रूरतों की पूर्ति शालीन और शोभनीय ढंग से करता था। मैं ऐसी औरतों से बचता था, जो बच्चे पैदा करके या गहरे लगाव से मेरे लिए बोझ बन जातीं। वैसे तो मेरी ज़िन्दगी में बच्चे और गहरे लगाव भी ज़रूर हुए होंगे, लेकिन उनकी ओर से मैंने आंखें मूंद ली थीं। इस बात को मैं न सिर्फ नैतिक समझता था, बल्कि मुझे इसपर गर्व भी था।"

वह रुक गया और उसके मुंह से फिर वही आवाज़ निकली जो वह अपनी आदत के मुताबिक हर नया विचार मन में उठने पर निकाला करता था।

"और यही सबसे पापपूर्ण चीज़ है," वह ज़ोर से बोला, "दुराचार मर्द और औरत के शारीरिक सम्बन्ध में नहीं है। शारीरिक सम्बन्ध में दुराचार का कोई अंश नहीं—दरअसल दुराचार—उस औरत के प्रति सारी नैतिक ज़िम्मेदारी को तिलांजलि देने का नाम है, जिसके साथ कोई मर्द शारीरिक सम्बन्ध कायम करता है। और मैं इसे गर्व की बात समझता था कि मैं इस नैतिक ज़िम्मेदारी को अपने कंधों से उतार फेंकने में समर्थ था। मुझे याद है कि एक बार जब मैं एक औरत को पैसा देना भूल गया था, जिसने प्यार की खातिर मेरे आगे आत्मसमर्पण कर दिया था, तो मेरी अन्तरात्मा ने मुझे कितना धिक्कारा था! उसे पैसा भेजने के बाद ही मेरा मन स्थिर हो सका था, क्योंकि इस तरह मैंने अपने को उसके प्रति सारी नैतिक ज़िम्मेदारी से आज़ाद कर लिया था। अपना सर इस तरह मत हिलाइए, जैसे आप मेरी बातों से सहमत हों," वह अचानक चिल्लाया, "मुझे सब पता है। आप, आप, आप सब लोग—सब एक जैसे हैं। आप कोई दुर्लभ अपवाद हों तो अलग बात

है। ज़्यादा से ज़्यादा आपके वही विचार होंगे, जो मेरे थे। लेकिन इससे क्या हुआ? मैं माफी चाहता हूं।" उसने फिर रुककर कहा, "मैं बेबस हूं, यह बड़ी खौफनाक बात है, खौफनाक...खौफनाक..."

"क्या चीज़ खौफनाक है?" मैंने पूछा।

"गलती की वह खाई, जिसमें हम रहते हैं, जहां तक औरतों का और हमारे साथ उनके रिश्तों का ताल्लुक है। नहीं, मैं इस विषय पर शान्तिपूर्वक बात नहीं कर सकता, इसलिए नहीं कि मेरी ज़िन्दगी में वह 'नाज़ुक घड़ी' आई थी, जैसाकि उन सज्जन ने अभी कहा था, क्योंकि तभी से मेरी आंखें खुल गई हैं और मैं हर चीज़ को एक नई रोशनी में देखता हूं। हर चीज़ को मैंने भीतर से देखा है, भीतर से!"

उसने सिगरेट सुलगाई और घुटनों पर कुहनियां टेककर फिर अपनी बात शुरू की। अंधेरे की वजह से मुझे उसकी शक्ल नहीं दिखाई दे रही थी, लेकिन रेल के डिब्बे की घरघराहट में मुझे उसकी सुखद और उत्सुक आवाज़ सुनाई दे रही थी।

4

"हां, सिर्फ इतने दर्द झेलने के बाद, जो मैंने झेले हैं, और सिर्फ इसी वजह से मुझे एहसास हुआ कि इस पाप की जड़ें कहां हैं, कि दरअसल ज़िन्दगी कैसी होनी चाहिए और मैंने इस ज़िन्दगी की असली और खौफनाक शक्ल देखी।

"और अब मुझे यह बताने की इजाज़त दीजिए कि कब और कैसे वे सारी बातें शुरू हुईं, जिनकी वजह से वह नाज़ुक घड़ी आई। ये बातें तब शुरू हुईं, जब मैं सोलहवें साल में था। मैं अभी स्कूल का विद्यार्थी था और मेरा बड़ा भाई यूनिवर्सिटी के पहले साल में था। मैं अभी अछूता था, लेकिन अपने वर्ग के सब बदकिस्मत बच्चों की तरह, मैं भी मासूम नहीं था। दो साल से मैं दूसरे लड़कों के दूषित प्रभाव में था। औरतों के लिए मैं तड़पता था—किसी खास औरत के

लिए नहीं, लेकिन औरत-जात के लिए, जिसे मैं तड़पाने वाली और मीठी चीज़ समझता था—मैं हर औरत के लिए और औरत की नग्नता के लिए तड़पता था। एकान्त में मेरे विचार पवित्र नहीं थे। मुझे वही यातनाएं झेलनी पड़ीं जिन्हें हमारे निन्यानबे फीसदी लड़के झेलते हैं। मुझे खौफ होता था, तकलीफ होती थी, मैं प्रार्थना करता था, मैं अपनी कमज़ोरी के आगे झुक जाता था। मैं वास्तव में, और कल्पना में भी, पाप करता था, लेकिन अभी तक मैंने आखिरी कदम नहीं उठाया था। मैं अपने को तबाह कर रहा था, लेकिन अभी तक मैंने किसी दूसरे इन्सान को नहीं छुआ था। लेकिन एक शाम को मेरे भाई के एक दोस्त ने, जो विद्यार्थी था और बहुत खुशमिज़ाज था और उन 'भले लोगों' में से था, जो दूसरों को शराब पीना और ताश खेलना सिखाते हैं और दरअसल अव्वल दर्जे के बदमाश होते हैं—मेरे भाई के इस दोस्त ने शराब की एक मजलिस के बाद सुझाव दिया कि हम लोग 'वहां' चलें। हम गए। मेरा भाई भी अछूता था। उसी रात उसका भी पतन हुआ। मैंने, पन्द्रह बरस के लड़के ने, अपने को कलंकित किया और बिना यह सोचे कि मैं क्या कर रहा हूं, एक औरत को कलंकित करने की ज़िम्मेदारी में मेरा हिस्सा था। मैंने अपने बड़े-बूढ़ों से कभी नहीं सुना कि मैंने जो काम दिया वह गलत था, न ही आजकल यह बात सुनने में आती है। यह सच है कि दस ईश्वरीय आदेश हमें बताते हैं कि यह काम गलत है, लेकिन हम वे दस आदेश सिर्फ इसलिए सीखते हैं ताकि बाइबल की परीक्षा में हम पादरी को सही जवाब दे सकें, और फिर यह ज्ञान उतना महत्त्वपूर्ण भी नहीं है, जितना कि लेटिन भाषा में शर्तवाले वाक्यांशों में 'उत' का इस्तेमाल।

"तो मेरे एक भी बुज़ुर्ग ने, जिनकी राय की मैं कद्र करता था, मुझे यह नहीं बताया कि मैंने जो किया वह गलत था। जिन लोगों की मै इज़्ज़त करता था, उनके मुंह से मैंने यही सुना कि यह उचित काम है। मैंने सुना कि इसके बाद से मेरे मन में उठनेवाले संघर्ष और यन्त्रणाएं खत्म हो जाएंगी और मेरा मन हलका हो जाएगा। मैंने ऐसी बातें सुनीं और पढ़ीं। मैंने अपने बड़े-बूढ़ों से सुना कि ऐसा करना सेहत के लिए अच्छा है। मैंने अपने साथियों से सुना कि यह

सही और होशियारी का काम है। इसलिए कुल मिलाकर मुझे इसमें कोई बुराई नज़र नहीं आती थी। छूत का डर ? उसका इन्तज़ाम तो पहले से हो चुका था। सरकार को खुद इस बात की चिन्ता थी और उसने इस सम्बन्ध में कदम उठाए थे। सरकार चकलेखानों पर निगरानी रखती है, ताकि स्कूल के लड़के निरापद होकर अपने शरीर की भूख मिटा सकें। सरकार इस काम के लिए डॉक्टरों को तनख्वाहें देती है और यह स्वाभाविक ही है। चूंकि सरकार यह मानती है कि दुराचार सेहत के लिए अच्छी चीज़ है, इसलिए बढ़िया और साफ-सुथरे व्यभिचार के लिए उसे अनुकूल परिस्थितियां भी पैदा करनी पड़ती हैं। मैंने कई माताओं को अपने बेटों के लिए यह इन्तज़ाम करते देखा है। खुद साइंस नौजवानों को चकलेखानों में भेजती है।"

"साइंस ?" मैंने पूछा।

"क्या डॉक्टर वैज्ञानिक नहीं हैं ? वे विज्ञान के पादरी हैं। हमारे नौजवानों को कौन इस दावे से पतित करता है कि दुराचार सेहत के लिए ज़रूरी है ? डाक्टर करते हैं। और फिर वे संजीदा चेहरे बनाकर 'सिफलिस' का इलाज करने लगते हैं।"

"वे सिफलिस का इलाज क्यों न करें ?"

"क्योंकि सिफलिस के इलाज में जितनी मेहनत की जाती है, अगर उसका दसवां हिस्सा भी दुराचार को दूर करने में लगाई जाती, तो सिफलिस कभी की मिट गई होती। लेकिन हमारी कोशिशें दुराचार को मिटाने की नहीं बल्कि उसे बढ़ावा देने की और उसे निरापद बनाने की होती हैं। लेकिन असली बात यह नहीं है। असली बात यह है कि दस में से नौ (अगर ज़्यादा नहीं) नौजवानों की तरह, जिनमें न सिर्फ मेरे वर्ग के नौजवान शामिल हैं, बल्कि सब वर्गों के नौजवान हैं, यहां तक कि किसान-वर्ग के भी नौजवान हैं, मैंने भी इसलिए गुनाह नहीं किया था क्योंकि मैं किसी खास औरत के आकर्षण को नहीं रोक सकता था। नहीं, किसी औरत ने मुझे भ्रष्ट नहीं किया। मैंने गुनाह इसलिए किया कि जिस समाज में मैं रहता था, वही इस किस्म का

था। मैंने इसलिए गुनाह किया क्योंकि मेरे आसपास के कुछ लोग मेरे गुनाह को सेहत ठीक रखने का सही तरीका समझते थे और कुछ और लोग इसे एक नौजवान के लिए मनोरंजन का स्वाभाविक साधन समझते थे। वे इस गुनाह को न सिर्फ माफी के काबिल, बल्कि मासूम भी समझते थे। मैंने इसे गुनाह नहीं समझा। कुछ हद तक मैं इसे सुख समझता था और कुछ हद तक इसे एक खास उम्र में उठनेवाली ज़रूरत की पूत समझता था (या मुझे ऐसा बताया गया था)। मैंने उसी तरह दुराचार स्वीकार किया जिस तरह पहले मैंने सिगरेट और शराब शुरू की थी। फिर भी इस पहले पतन में कोई हृदयस्पर्शी अपवाद था, मुझे याद है। कमरे से बाहर निकलने से पहले ही मुझपर एक गहरी उदासी छा गई थी और मैं रोना चाहता था—अपनी खोई मासूमियत के लिए, औरतों के साथ उस रिश्ते के लिए, जो हमेशा के लिए खत्म हो गया था। हां, एक कुदरती, सीधा-सादा रिश्ता हमेशा के लिए खत्म हो गया था। उस वक्त के बाद से यह रिश्ता पवित्र नहीं रहा, न रह ही सकता था। जिसे लम्पट कहते हैं, मैं वह बन गया। लम्पट आदमी की शारीरिक हालत शराबी, सिगरेट पीनेवाले या नशेबाज़ जैसी होती है। जिस तरह शराबी, सिगरेट पीनेवाला या नशेबाज़ नॉर्मल आदमी नहीं होता, उसी तरह वह आदमी भी, जो सुख के लिए बहुत-सी औरतों के साथ सो चुका है, नॉर्मल आदमी नहीं होता। वह हमेशा के लिए खराब हो जाता है, उसीको लम्पट कहते हैं। जिस तरह किसी शराबी या नशेबाज़ को उसके चेहरे और व्यवहार से पहचाना जा सकता है, उसी तरह लम्पट आदमी को भी पहचाना जा सकता है। लम्पट आदमी अपने गुनाह के साथ लड़ सकता है, उसपर काबू पा सकता है, लेकिन ज़िन्दगी में फिर कभी वह औरतों के साथ एक पवित्र, उज्ज्वल और सीधे-सादे रिश्ते को नहीं जान सकता—भाई जैसे रिश्ते को। लम्पट आदमी किसी नौजवान औरत को जिस नज़र से देखता है, उसीसे वह पहचाना जाता है। और मैं लम्पट बन गया, और तभी से लम्पट बना रहा। इसीसे मेरा सर्वनाश हुआ।"

5

"कुछ वक्त तक ज़िन्दगी इसी तरह चलती रही जिसके दौरान मैं उसी अनुभव के पहलुओं में से गुज़रा। या खुदा! अपनी सारी वहशत की याद से ही मैं खौफज़दा हो उठता हूं। मुझे याद है, जब मेरे साथी मेरी तथाकथित मासूमियत पर हंसे थे। रईस नौजवान! अफसर! पेरिस के शौकीन! मुझे इन सज्जनों की और अपनी करतूतें याद हैं।—तीस बरस की उम्र के दुराचारी, जिन्होंने औरतों के खिलाफ सैकड़ों किस्म के खौफनाक जुर्म किए थे। मुझे याद है, तीस बरस की उम्रवाले हम लम्पट किस तरह सज-धजकर, साफ-सुथरे कपड़ों में, सेंट लगकर, हजामत बनवाकर, फ्रॉककोट और वर्दियां पहनकर, ड्राइंगरूमों और बॉलरूमों में घूमा करते थे। कितने खूबसूरत!—पवित्रता के प्रतीक!

"क्षण-भर के लिए सोचिए कि दुनिया कैसी होनी चाहिए और वह कैसी है। जब इस किस्म का कोई आदमी मेरी बहन या बेटी से मिलने आता है, तो मुझे, यह जानते हुए कि वह किस तरह की ज़िन्दगी बसर करता है, उसे एक तरफ ले जाकर धीरे से कहना चाहिए, 'सुनो भले आदमी, मुझे पता है कि तुम कैसी ज़िन्दगी बसर करते हो, कहां और किसके साथ अपनी रातें गुज़ारते हो। तुम्हें यहां नहीं आना चाहिए। यहां पवित्र और मासूम लड़कियां रहती हैं। यहां से चले जाओ।' हमें इस तरह पेश आना चाहिए। लेकिन दरअसल जब ऐसा आदमी आकर मेरी बेटी या बहन की कमर में हाथ डालकर उसके साथ डान्स करता है, और अगर उसके पास पैसा और पहुंच है तो हम खुश होते हैं। चकले में रात गुज़ारने के बाद भी वह मेरी बेटी से प्रेम-निवेदन कर सकता है। वह कलुषित हो या बीमार, इससे कोई फर्क नहीं पड़ता, क्योंकि आजकल डॉक्टर ऐसी चीज़ों का इलाज करना जानते हैं। मैं मशहूर खानदानों की कई ऐसी लड़कियों को जानता हूं, जिनके मां-बाप ने खुशी से सिफलिस के मरीज़ों से उनकी शादी की थी। कैसी नीचता

है! कैसी घृणास्पद बात है! ज़रूर वह वक्त आएगा, जब इस नीचता और धोखेबाज़ी का पर्दाफाश होगा।"

उसने कई बार मुंह से विचित्र स्वर निकाला और फिर वह चाय पीने बैठ गया। चाय बेहद तेज़ थी और उसमें मिलाने के लिए पानी नहीं था। दो गिलास चाय पीने के बाद, मुझे उसका असर महसूस हो रहा था। मेरे साथी पर भी ज़रूर असर हुआ होगा, क्योंकि उसकी उत्तेजना बढ़ती जाती थी। उसकी आवाज़ अधिक भावपूर्ण और लययुक्त हो गई थी। वह लगातार हिल-डुल रहा था, कभी अपना हैट उतारता था, कभी पहन लेता था। आधे अंधेरे में उसके चेहरे पर विलक्षण भाव व्यक्त हो रहे थे।

"तो तीस बरस तक मैंने इसी तरह की ज़िन्दगी गुज़ारी थी। क्षण-भर के लिए भी मैंने शादी करके पवित्र और उदात्त पारिवारिक ज़िन्दगी बिताने का इरादा नहीं छोड़ा था और इस इरादे से मेरी आंखें किसी उपयुक्त लड़की को तलाश किया करती थीं। जिस वक्त मैं दुराचार के कीचड़ में लोट रहा था, उस वक्त भी मैं एक ऐसी लड़की की तलाश में था, जो अपनी पवित्रता के कारण मेरी पत्नी बनाने के योग्य हो। मैंने बहुत-सी लड़कियों से शादी करने के लिए इन्कार कर दिया था, क्योंकि वे मेरी नज़रों में पूरी तरह पवित्र नहीं थीं। आखिरकार मुझे वह लड़की मिल गई जिसे मैं शादी के काबिल समझता था। वह पेन्ज़ा के एक ज़मींदार की दो बेटियों में से एक थी। किसी ज़माने में यह ज़मींदार बहुत अमीर था, लेकिन अब अपनी अधिकांश दौलत खो बैठा था।

"सारा दिन नाव की सैर करने के बाद चांदनी रात में हम एकसाथ लौट रहे थे। मैं उसकी बगल में बैठा, कसे ऊनी स्वेटर में लिपटे उसके सुडौल वक्ष और घुंघराले बालों को देख रहा था। मैंने अचानक फैसला किया कि यह वही लड़की है, जिसकी मैं तलाश कर रहा था। उस रात मुझे लगा कि वह मेरे सब विचारों और भावनाओं को, जो बहुत उदात्त स्तर की हैं, समझती है। असली कारण वह स्वेटर और ज़ुल्फें थीं, जो उसपर खूब फब रही थीं और दिन-भर उसके नज़दीक रहने के बाद मैं उसके और भी नज़दीक आना चाहता था।

"खूबसूरती नेक भी हो सकती है, यह धोखा कितना मुकम्मल हो सकता है, अब यह सोचकर ताज्जुब होता है। खूबसूरत औरत की बकवास को भी आदमी ध्यान से सुनता है और सोचता है कि वह बकवास की बजाय अक्लमन्दी की बातें कर रही है। और अगर संयोगवश वह बकवास और नीचतापूर्ण खूबसूरत बातें करती है तो सुननेवाले को फौरन यकीन हो जाता है कि वह नेकी और अक्लमन्दी की पुतली है।

"मैं हर्षोन्माद की अवस्था में घर लौटा। मुझे यकीन हो गया था कि वह नैतिकता में सम्पूर्ण है। इसलिए मेरी पत्नी बनने के काबिल है। अगले दिन ही मैंने उसके सामने शादी का प्रस्ताव रख दिया।

"लेकिन ज़रा इन सारी बातों का झूठ देखिए! शादी करनेवाले हज़ार लोगों में (बदकिस्मती से सिर्फ हमारे वर्ग के ही नहीं, बल्कि निम्न वर्गों के लोगों की भी यही हालत है) मुश्किल से एक आदमी ही मिलेगा, जिसकी पहले कम से कम दस शादियां नहीं हो चुकीं। शायद सौ या डॉन जुआन की तरह हज़ार शादियां भी हो चुकी हों। यह सच है कि मैंने आजकल देखा और सुना है कि कुछ ऐसे पवित्र लोग भी हैं, जो यह जानते और महसूस करते हैं कि शादी एक महान और गम्भीर क्रिया है और क्षुद्र चीज़ नहीं है। खुदा ऐसे लोगों को बरकत दे। लेकिन मेरे ज़माने में दस हज़ार में भी ऐसे एक आदमी का मिलना मुश्किल था। और हर आदमी इस बात को जानते हुए भी जान-बूझकर अनजान बनता है। सब उपन्यासों में हीरो की भावनाओं का, फूलों का और उस तालाब का विस्तृत वर्णन रहता है, जिसके किनारे हीरो टहलता है; लेकिन किसी नौजवान औरत के लिए खूबसूरत हीरो के मन में जो महान प्यार पैदा होता है, उसका वर्णन करते हुए उपन्यासकार यह नहीं बताते कि शादी से पहले हीरो ने अपनी ज़िन्दगी कैसे गुज़ारी—वे चकलों की वेश्याओं, घरों की नौकरानियों, बावर्चियों और दूसरे लोगों की पत्नियों का ज़िक्र नहीं करते, जिनके साथ हीरो का सम्बन्ध रह चुका है। और जब भी ऐसे अश्लील उपन्यास लिखे जाते हैं, तो उन्हें उन लोगों के हाथों में नहीं दिया जाता, जिन्हें

ऐसी किताबों की सबसे ज़्यादा जरूरत है—यानी मासूम नौजवान लड़कियों के हाथों में। पहले तो बड़े-बूढ़े नौजवान लड़कियों को इस भ्रम में रखते थे कि दुराचार नाम की कोई चीज़ ही नहीं होती, जबकि हमारे शहरों और यहां तक कि गांवों की भी आधी ज़िन्दगी इसीमें गुज़रती है; बाद में वे लोग इस दिखावे के इतने आदी हो गए कि अंग्रेज़ों की तरह वे भी ईमानदारी से इस बात में यकीन करने लगे कि एक ऊंचे नैतिक आदर्शोंवाले संसार में रहने वाले वे ऊंचे नैतिक आदर्शों के लोग हैं, और बेचारी नौजवान लड़कियां इस झूठ में गम्भीरता से विश्वास करती हैं। मेरी बदकिस्मत पत्नी भी इसी किस्म की लड़कियों में से थी। मुझे याद है, अभी हमारी सगाई ही हुई थी, जब मैंने उसे अपनी डायरी दिखाई। इस डायरी में से वह मेरे अतीत की एक झलक देख सकती थी, कम से कम वह उस बात को जान सकती थी, जिसे बताने के लिए मैं सबसे ज़्यादा उत्सुक था—मेरे सबसे नये प्रेम-सम्बन्ध के बारे में। हो सकता था कि और लोग उसे यह बात बताते, इसलिए मैंने खुद ही उसे बताना उचित समझा। मुझे याद है, उस बात को जानने और पूरी तरह समझने के बाद उसे कितना दु:ख और डर महसूस हुआ था। वह भौचक्की रह गई थी। मुझे साफ दिखाई दिया कि वह फौरन उसी जगह मेरे साथ रिश्ता तोड़ना चाहती थी। काश, अगर वह ऐसा करती!"

उसके मुंह से फिर वही आवाज़ निकली। उसने बोलना बन्द कर दिया और चाय का एक घूंट पिया।

6

"लेकिन नहीं! जो हुआ वही बेहतर है, जो हुआ वही बेहतर है!" वह ज़ोरों से बोला, "मेरे साथ यही होना चाहिए था। लेकिन इसका कहानी से कोई सम्बन्ध नहीं। मैं यह कहना चाहता था कि सिर्फ बदकिस्मत लड़कियां

ही धोखा खाती हैं। उनकी माताएं सब कुछ जानती हैं, खास तौर पर वे माताएं, जिन्होंने अपने पतियों से बहुत कुछ सीखा है। वे मर्दों की पवित्रता में विश्वास करने का दिखावा करती हैं, लेकिन उनका आचरण इससे उलटा होता है। वे जानती हैं कि अपने और अपनी बेटियों के वास्ते मर्दों को फंसाने के लिए उन्हें किस तरह का चारा डालना चाहिए।

"सिर्फ हम मर्द लोग इन बातों के बारे में नहीं जानते, इसीलिए नहीं जानते क्योंकि हम जानना नहीं चाहते। औरतें इस बात को बहुत अच्छी तरह जानती हैं कि सबसे अधिक उदात्त और काव्यमय तथाकथित प्यार का संचार नैतिक गुणों से नहीं, बल्कि शारीरिक सामीप्य से होता है; बाल बनाने के ढंग, फ्राक के रंग और काट से होता है। किसी अनुभवी वेश्या से पूछिए, जो किसी खास आदमी को रिझाना चाहती हो, कि वह कौन-सी जोखिम उठाना ज़्यादा पसन्द करेगी : उस आदमी की मौजूदगी में बेरहमी, धोखेबाज़ी और दुराचार का इल्ज़ाम सहना या उस आदमी के सामने भद्दे, ढीले-ढाले, गाउन में जाना। वह ज़रूर पहले जोखिम को पसन्द करेगी। वह जानती है कि हम मर्द उदात्त भावनाओं की जो बातें करते हैं, वे झूठी होती हैं। हम सिर्फ शरीर को चाहते हैं। इसलिए हम औरत के गुनाहों को तो माफ कर सकते हैं, लेकिन बदसूरत, ढीले-ढाले, कुरुचिपूर्ण गाउन को हरगिज़ माफ नहीं कर सकते। वेश्या इस बात के प्रति सचेत रहती है, लेकिन जानवर की तरह किसी भी मासूम नौजवान लड़की को इस बात का सहज ज्ञान नहीं होता।

"उन घृणित स्वेटरों, गाउनों की फूली हुई पीठों, नंगे कंधों, बांहों और करीब-करीब नंगे वक्षों के पीछे भी यही राज़ है। औरतें, खासकर वे औरतें जो मर्दों से ज्ञान प्राप्त करती हैं, अच्छी तरह जानती हैं कि उदात्त विषयों पर बहसें कोरी बातें ही हैं। दरअसल मर्द औरत के शरीर को और उन चीज़ों को चाहता है जो शरीर की कमनीयता को बढ़ाती हैं, इसलिए वे मर्द के सामने अपना शरीर पेश करती हैं। अगर हम इस सच्ची दृष्टि से अपने उच्च वर्ग के लोगों की ज़िन्दगी को देखें, न कि रंगीन शीशे में से, जिसके हम इतने आदी हो गए

हैं, कि वह एक किस्म से हमारे स्वभाव में शामिल हो गया है, तो हम देखेंगे कि यह ज़िन्दगी दरअसल एक बड़ा चकला है। आप इससे सहमत नहीं? लीजिए मैं साबित करता हूं।" उसने मुझे कुछ कहने का मौका दिए बगैर कहा, "आप कहते हैं कि हमारे वर्ग की औरतों के शौक चकले की औरतों के शौकों से अलग होते हैं, लेकिन मैं कहता हूं कि आप गलत हैं और मैं यह साबित करूंगा कि आप गलत हैं। अगर लोगों की ज़िन्दगी का मकसद भिन्न हो, अगर भीतर से उनकी ज़िन्दगी भिन्न हो, तो यह फर्क ज़िन्दगी के बाहरी रूप में भी ज़रूर दिखाई देगा। लेकिन उन बदकिस्मत औरतों को देखिए जिनसे हम नफरत करते हैं; और फिर आला से आला तबके की नौजवान लड़कियों पर एक नज़र डालिए। वही सिंगार, वही फैशन, वही खुशबूएं, वही नंगी बांहें, कंधे और वक्ष, पीछे से फूले हुए वही गाउन, कीमती पत्थरों और कीमती चमकदार गहनों के लिए वही पागलपन, मनोरंजन के वही साधन—नाच, गाना और बजाना। मर्दों को फंसाने के बही तरीके दोनों जगह इस्तेमाल होते हैं। रत्ती-भर फर्क नहीं। दोनों में अगर फर्क साफ करना भी हो तो हम सिर्फ यही कह सकते हैं कि जो औरतें कुछ अर्से के लिए वेश्या बनती हैं उनसे अक्सर नफरत की जाती है और जो लम्बे अर्से के लिए वेश्या बनती हैं उनकी इज़्ज़त की जाती है।

7

"और मैं स्वेटरों, घुंघराली लटों और फूली पीठवाले गाउनों के जाल में फंस गया। मुझे फांसना आसान था, क्योंकि मैं उन विशेष परिस्थितियों में पला था, जिस तरह खीरों को तापगृह में रखा जाता है। इन परिस्थितियों में नौजवानों की शारीरिक भूख जल्दी जागती है। उत्तेजित करनेवाली खूराक और शराबें हमें ज़रूरत से ज़्यादा मिकदार में मिलती हैं, जो एकदम निठल्ली

ज़िन्दगी के साथ मिलकर कामेच्छा को बाकायदा जगाने के साधन के सिवा कुछ नहीं। आपको इससे ताज्जुब हो या न हो, लेकिन यह सचाई है; मुझे भी बहुत बाद में जाकर इसका एहसास हुआ। लेकिन अब मुझे इसका एहसास है, इसलिए जब मैं देखता हूं कि दूसरे लोग बिना असलियत समझे उसी किस्म की चापलूसी की बातें करते हैं जिस किस्म की बातें अभी वह औरत कर रही थी, तो मैं अपना सन्तुलन खो बैठता हूं।

"इस साल बहार के मौसम में मेरे घर के नज़दीक एक रेलवे लाइन पर कुछ किसान काम कर रहे थे। आम तौर पर नौजवान किसानों की खूराक रोटी, क्वास[1] और प्याज़ होती है। इस खूराक से वे ज़िन्दा और खुशदिल रहते हैं और खेतों के काम में लगे रहते हैं, जो आसान होता है। जब किसान रेलवे का काम करने जाता है, तो रोज़ दलिया और एक पाउण्ड गोश्त खाता है। लेकिन इस खूराक को वह दिन में सोलह घंटे तीस पूड वज़न के छकड़े को खींचकर खर्च करता है। उसकी खूराक उसके लिए सही है। लेकिन हम लोग दिन में दो पाउण्ड गोश्त, मुर्गा, बतख, तीतर और दूसरे किस्म के गर्मी पहुंचानेवाले बढ़िया खाने और शराबें लेते हैं। हम इस खूराक को कैसे खर्च करते हैं? भोग-विलास की ज़्यादतियों में। अगर हम सचमुच इस खूराक को खर्च करें तो सब ठीक रहता है, क्योंकि सेफ्टी वाल्व[2] खुला है। लेकिन जब यह बन्द हो जाता है, जैसे बीच-बीच में मेरे साथ होता है, तो इसका नतीजा एक ऐसी कामुकतापूर्ण उत्तेजना होती है, जो हमारी बनावटी ज़िन्दगी के रंगीन शीशे में से छनकर एक अतिपरिष्कृत, यहां तक कि कभी-कभी निष्काम प्लेटोनिक प्यार के रूप में प्रकट होती है। और सब लोगों की तरह मुझे भी प्यार हो या; गऔर मेरे प्यार में सभी गुण थे : उन्माद, आराधना, कविता... दरअसल मेरा यह प्यार एक तरफ से तो उसकी मां और दर्ज़ी ने पैदा किया था, दूसरी तरफ से ज़्यादा मिकदार में खाई गई मेरी खूराक ने पैदा किया था,

---

1. अनाज से बना एक पेय 2. भाप के अधिक हो जाने पर उसे बाहर निकाल देनेवाला पुर्ज़ा

क्योंकि मैं निठल्ला था। अगर नाव की सैर, और दर्ज़ी न होता, जिसने उसकी कमर और शरीर के दूसरे हिस्सों को विशेष ध्यान के योग्य बनाया था, अगर मेरी भावी पत्नी ढीला-ढाला ड्रेसिंग गाउन पहनकर घर बैठी होती और उधर मैं भी ऐसे आदमी की तरह नॉर्मल ज़िन्दगी बसर करता जो अपने काम के मुताबिक खाना खाता है, और मेरा सेफ्टी वाल्व खुला रहता (जोकि उस वक्त बन्द था) तो मुझे न प्यार होता, न उसके ये नतीजे निकलते।

8

"लेकिन कुछ संयोग ऐसा हुआ कि सारी बातें एक ही वक्त हो गईं : मेरी शारीरिक हालत, उसका सिंगार, और नाव की सैर। पहले भी बीसियों बार मुझे मौके मिले थे, लेकिन इस बार संयोग ही ऐसा था—फन्दे में फंसने की तरह। मैं मज़ाक नहीं कर रहा। आजकल शादियां फंदों की तरह पहले से तैयार की जाती हैं। स्वाभाविक बात क्या है? एक लड़की जवान होती है, उसकी शादी होनी चाहिए। अगर लड़की देखने में भयंकर न हो और शादी की ख्वाहिश रखनेवाले मर्द मौजूद हों, तो यह बात बड़ी सीधी-सादी मालूम होती है। पुराने वक्त में भी इसी तरह होता था। लड़की के जवान होते ही उसके मां-बाप उसके लिए पति ढूंढ़ देते थे। शादियां इसी तरह होती थीं और आज भी सब कौमों में—चीनियों, हिन्दुस्तानियों, मुसलमानों और हमारे अपने किसानों में इसी तरह शादियां होती हैं। दुनिया के निन्यानबे फीसदी लोग ऐसा ही करते हैं। लेकिन एक फीसदी लोग, हमारे जैसे दुराचारियों ने यह तय किया है कि यह तरीका गलत है। उन्होंने एक नये तरीके की ईजाद की है। और यह नया तरीका क्या है? यह नया तरीका यह है कि लड़कियां बैठ जाती हैं और मर्द उनके सामने चहलकदमी करके उनमें से अपनी पसन्द करते हैं, जैसे मेले में खरीदारी कर रहे हों। लड़कियां वहीं बैठी रहती हैं और मन ही

मन कहती हैं—ऊंची आवाज़ में यह बात कहने का साहस उनमें नहीं—मुझे पसन्द करो! मुझे! उस लड़की को नहीं, मुझे! देखो मेरे कंधे और...दूसरी चीज़ें कितनी खूबसूरत हैं!'—और हम मर्द चहलकदमी करते हुए उन की तरफ देखते हैं और हमें यह सोचकर बड़ी खुशी होती है कि हमारी खातिर ही यह नुमायश सजाई गई है। हम देखते हैं और अगर हम सावधानी नहीं दिखाते तो—खट!—लीजिए, हम फंदे में फंस गए।"

"तो फिर और तरीका क्या है?" मैंने पूछा, "क्या आप चाहते हैं कि औरतें मर्दों के सामने शादी का प्रस्ताव रखें?"

"तरीका क्या हो, यह तो मैं नहीं जानता, लेकिन अगर हम औरतों और मर्दों को बराबर समझते हैं तो वे सच्चे अर्थों में बराबर हों। अगर मां-बाप द्वारा शादी तय करना अपमानजनक बात है तो शादी का यह नया तरीका तो हज़ार गुना अपमानजनक है। मां-बाप द्वारा तय की गई शादियों में कम से कम दोनों पक्षों के अधिकार और अवसर बराबर होते हैं, जबकि इस नये ढंग की शादी में औरत या तो गुलाम की तरह बाज़ार में बेची जाती है या शिकार फंसाने के लिए चारा डाला जाता है। लेकिन अगर आप हिम्मत बांधकर किसी लड़की या उसकी मां से कहें कि उसकी एकमात्र दिलचस्पी सिर्फ एक पति फांसने में है—तो या खुदा, वह कितना बुरा मनाएगी! लेकिन दरअसल वह सिर्फ यही काम करती है और इसके अलावा उसके पास और कोई काम है भी नहीं। मासूम और नौजवान लड़कियां इसी काम में लगी रहें, यह देखना बहुत बुरा लगता है। और अगर यह सब खुल्लमखुल्ला होता, तब भी कोई बात थी। लेकिन नहीं, ये बातें चोरी-छिपे होती हैं! आह, दि ऑरिजिन ऑफ स्पीशिज़' कितनी दिलचस्प चीज़ है! मेरी लिज़ा तो चित्रकला पर जान देती है। और आप भी नुमायश देखने का इरादा रखते हैं? कैसी शिक्षाप्रद चीज़ है! और स्लेज की सैरें, नाटक और सिफनी कॉन्सर्ट? कैसी शानदार चीज़ें है! मेरी लिज़ा तो संगीत के पीछे पागल है! भला आप उसके विचारों से सहमत क्यों नहीं हैं? और बोटिंग!...' और हर समय ऐसी औरत के मन में सिर्फ एक ही

विचार उठता है, 'मेरे साथ या मेरी लिज़ा के साथ प्यार करो! नहीं, मेरे साथ ही करो! एक बार करके तो देखो!' उफ! कैसा झूठ है! कैसी खौफनाक बात है!" और यह कहकर उसने बची हुई चाय भी खत्म कर ली और गिलासों को समेटने लगा।

9

"शायद आपको पता है," उसने चाय और चीनी को थैले में डालते हुए कहा, "कि ये सारी बातें औरतों की हुकूमत से पैदा होती हैं—जो इस दुनिया की असंख्य मुसीबतों की जड़ है।"

"औरतों की हुकूमत से आपका क्या मतलब है?" मैंने पूछा, "कानून तो मर्द को ज़्यादा हक देता है।"

"हां, हां यही बात है।" उसने बीच में टोककर कहा, "मैं आपको यही बताना चाहता था। इसीसे आपको औरतों की हुकूमत के असाधारण व्यापार का कारण समझ में आएगा। औरत अपमान के निम्नतम स्तर पर पहुंची हुई है, फिर भी मर्द पर हुकूमत करती है। अपमान की कसर वह हुकूमत से पूरी करती है, जिस तरह यहूदियों को जो अत्याचार सहना पड़ता है, उसकी कसर वे अपने पैसे की ताकत से पूरी कर लेते हैं। यहूदी कहते हैं, 'अच्छा, तो तुम चाहते हो, हम सूदखोर के सिवा कुछ न रहें, क्यों? अच्छी बात है, हम सूदखोर बनकर ही तुम्हारे ऊपर हुकूमत करेंगे। 'औरतें कहती हैं, 'आह, तुम चाहते हो हम सिर्फ विलास की सामग्री बनी रहें? अच्छी बात है, विलास की सामग्री बनकर ही हम तुम्हें अपना गुलाम बनाएंगी।' औरत के अधिकारों से वंचित रहने का अर्थ यह नहीं कि उसे वोट देने का अधिकार नहीं या जज बनने का अधिकार नहीं—इन कामों को करना किसी अधिकार का सूचक नहीं। सेक्स की ज़िन्दगी में औरत को यह बराबरी का हक नहीं मिला कि वह अपनी

मर्ज़ी से किसी आदमी से प्यार करे या इन्कार कर दे, उसे यह हक भी नहीं कि पसंद की जाने की बजाय वह खुद किसी मर्द को पसंद करे।

"आप कहेंगे कि यह मर्दों के साथ ज़्यादती है। अच्छी बात है। तब मर्दों को भी यह हक हासिल नहीं होना चाहिए। इस वक्त औरतों को उस हक से वंचित रखा गया है जो मर्दों को हासिल है। इसलिए इस हुक के छीने जाने की कसर औरत मर्द की वासनाओं को उभारकर पूरा करती है। वह उन्हें इस हद तक उभार देती है, और इसी ज़रिये उसपर हुकूमत करती है कि मर्द का किसी औरत को चुनना केवल एक औपचारिकता रह जाती है, असली चुनाव तो औरत करती है। अपने उद्देश्य की पूर्ति के साधन एक बार मिल जाने पर वह इसका फायदा उठाती है और सब लोगों पर अपनी इस भयंकर शक्ति का इस्तेमाल करती है।"

"आखिर यह भयंकर शक्ति किस चीज़ में रहती है?" मैंने पूछा।

"किस चीज़ में? हर चीज़ में, हर जगह। किसी भी बड़े शहर की दुकानों में जाकर देखो। लाखों हाथ—असंख्य हाथ उन चीज़ों को बनाने में मेहनत करते हैं जो उन दुकानों में सजी हुई हैं। और जरा देखिए! क्या दस में से नौ ऐसी दुकानों में मर्दों के इस्तेमाल की कोई चीज़ मिल सकती है? ज़िन्दगी की हर विलासिता की सामग्री की मांग और उसका उपभोग औरतें करती हैं। फैक्टरियों की गिनती कीजिए। उनमें से अधिकांश व्यर्थ के गहने, गाड़ियां, फर्नीचर और औरतों के लिए तरह-तरह का सामान तैयार करने में लगी हैं। करोड़ों आदमी, गुलामों की कई पीढ़ियां औरतों की सनकों को संतुष्ट करने के लिए इन क्रूर फैक्टरियों में काम करके थकान से चूर हो जाते हैं। रानियों की तरह औरतों ने मानव-जाति के नौ बटे दस हिस्से को गुलामों की तरह मेहनत करने के लिए मजबूर किया है। इसलिए, क्योंकि मर्दों ने उन्हें अपमानित किया है और उन्हें बराबरी के हक नहीं दिए, इसलिए वे हमारी वासनाओं को जागरित करके हमें फंदे में फंसाकर अपना बदला लेती हैं। हां, सारी बातों की यही वजह है। औरतों ने अपने-आपको मर्दों की वासना जगाने का इतना

प्रभावशाली साधन बना लिया है कि उनकी मौजूदगी में मर्द अपने चित्त की स्थिरता को कायम नहीं रख सकते। औरत के निकट आते ही मर्द जड़ हो जाता है, जैसे किसी नींद की दवा का असर हो। पहले जब मैं किसी औरत को नाच के गाउन में सजा देखता था, तो मेरे मन में बेचैनी होती थी और मैं दुम हिलाने लगता था। अब मुझे खौफ महसूस होता है। मुझे ऐसी औरत खतरनाक और गैरकानूनी चीज़ मालूम होती है। फौरन जी में आता है कि मैं चिल्लाकर मदद के लिए पुलिस को बुलाऊं और मांग करूं कि उस खतरनाक चीज़ को वहां से हटाकर हवालात में बंद कर दिया जाए। आप हंस रहे हैं?" वह झल्लाया।

"यह हंसी की बात नहीं। मुझे यकीन है कि कभी ऐसा वक्त आएगा—शायद जल्द आएगा—जब लोग इस बात को समझेंगे और उन्हें ताज्जुब होगा कि कभी ऐसा समाज भी था, जिसने औरतों को छूट दे रखी थी कि वे मर्दों की वासनाओं को जागरित करने के साफ इरादे से सज-धजकर समाज की शान्ति को भंग करती थीं। यह तो मर्दों के रास्ते पर फंदे बिछाने जैसी चीज़ हुई। उससे भी बदतर! भला ऐसा क्यों है कि जुए के खेल पर पाबंदी है, लेकिन मर्दों की वासना को भड़कानेवाली वेश्याओं जैसी सजधज और पोशाकों पर कोई पाबंदी नहीं, जो हज़ार गुना ज़्यादा खतरनाक हैं?

10

"और फिर जैसाकि मैंने बताया, मैं फंदे में फंस गया। मुझे वह चीज़ हो गई, जिसे 'प्यार होना' कहते हैं। मुझे न सिर्फ यह लगा कि वह संपूर्णता की पराकाष्ठा है, बल्कि अपनी सगाई के दिनों में, यह भी लगा कि मैं भी संपूर्णता की पराकाष्ठा हूं। आखिरकार दुनिया में कोई ऐसा बदमाश नहीं, जो अपने से बदतर बदमाश ढूंढ़कर अपनी हालत पर खुशी और घमंड न महसूस कर सके।

मेरे साथ भी यही हुआ। मैं पैसे के लालच से शादी नहीं कर रहा था, जैसाकि मेरे अधिकांश परिचित करते थे—वे पैसे या पहुंच की खातिर शादी करते थे। मैं अमीर था और वह गरीब थी। एक बात तो यह थी। दूसरी यह थी कि और लोग शादी के बाद भी अपनी आदत के मुताबिक दूसरी औरतों से संबंध रखने के इरादे से शादी करते थे। लेकिन मैंने शादी के बाद एकनिष्ठ रहने का पक्का फैसला किया था, इस वजह से मुझे अपने ऊपर बेहद घमंड था। हां, मैं एक घृणित सूअर था, जो अपने-आपको संत समझ बैठा था।

"मेरी सगाई बहुत दिनों तक नहीं चली। उन दिनों की याद आते ही मेरा चेहरा शर्म से लाल हो जाता है। हम समझते हैं कि यह शारीरिक प्यार का नहीं बल्कि आत्मिक प्यार का काल होता है ; लेकिन अगर यह आत्मिक प्यार आत्मिक मित्रता है तो वह हमारे शब्दों में बातचीत और विचारों के आदान-प्रदान में व्यक्त होनी चाहिए। लेकिन स्थिति ऐसी नहीं थी। जब भी हम अकेले रह जाते थे तो हमारे लिए बातचीत करना बहुत मुश्किल हो जाता था और बातचीत जारी रखने में सिसीफ़ियन[1] जैसी मेहनत करनी पड़ती थी। यह सोचने में ही मुझे बहुत देर लगती थी कि मैं उससे क्या कहूं। मैं बात कहकर फिर खामोश हो जाता था, और कहने के लिए कोई नई बात सोचने लगता था। कहने के लिए मेरे पास कोई बात थी ही नहीं। हमारी भावी ज़िन्दगी, स्कीमों और प्रबन्धों से सम्बन्ध रखनेवाली सारी बातें पहले ही कही जा चुकी थीं। कौन-सी बात बाकी थी ? अगर हम जानवर होते तो हमें मालूम होता कि हमसे बातचीत करने की उम्मीद नहीं की जाती ; लेकिन चूंकि हम इन्सान थे, इसलिए हमसे बातचीत की उम्मीद की जाती थी, और हमारे पास बातचीत के लिए कोई विषय नहीं था, क्योंकि जो बात हमारे दिलों में छाई हुई थी वह बातचीत के लिए मुनासिब नहीं थी। इसके अलावा वे घृणित रिवाज—चॉकलेट मिठाइयों से पेट ठूंसना, शादी की घृणित तैयारियां—फ्लैट को,

---

1. प्राचीन यूनानी कथाओं को पात्र जिसे एक भारी चट्टान को उठाकर पहाड़ के ऊपर ले जाने की सज़ा दी गई थी।

सोने के कमरे को, बिस्तरों, ड्रेसिंग गाउनों, चद्दरों, गिलाफों और पहनने की पोशाकों को तैयार करवाने में हम व्यस्त थे। आप नहीं देखते कि पितृसत्ताक ढांचे में, जिसका पक्ष अभी उस बूढ़े ने लिया था, दहेज, बिस्तर, परों से भरे गद्दे और रज़ाइयां सब एक रहस्यपूर्ण चीज़ के अंग थे। लेकिन आजकल जबकि दस में से एक मर्द भी शादी की तैयारियों के वक्त उस रहस्य में विश्वास नहीं रखता, न ही शादी की ज़िम्मेदारियों में ही उसका विश्वास होता है, जबकि सौ में से एक मर्द मुश्किल से ऐसा मिलेगा, जो शादी से पहले ही शादीशुदा नहीं है, और पचास में से एक ऐसा मिलेगा, जौ मौका मिलते ही अपनी बीवी को धोखा देने के लिए नहीं तैयार होगा, शादी करवानेवाले अधिकांश मर्द गिर्जाघर की रस्म को सिर्फ औरत का मालिक बनने की शर्त समझते हैं—इन बातों को देखते हुए इन तैयारियों का भयंकर महत्त्व साफ हो जाता है। यह पता चलता है कि ये तैयारियां अपने में ही एक मकसद हैं। शादी एक किस्म की बिक्री बन जाती है : एक मासूम लड़की को एक चरित्रहीन के हाथों बेच दिया जाता है और इसकी वाकायदा रस्म अदा की जाती है।

11

"इसी तरह हर आदमी की शादी होती है, और इसी तरह मेरी शादी हुई और मैंने अपना हनीमून शुरू किया, जिसके बारे में प्रशंसा के गीत गाए जाते हैं। यह नाम ही कितना भयंकर है! पेरिस में एक बार मैं एक ऐसी नुमायश में गया था, जिसमें बदसूरत और खौफनाक चीज़ें दिखाई गई थीं। वहां मैंने दाढ़ी वाली एक औरत और एक ऐसा कुत्ता देखा जिसके जिस्म का आधा हिस्सा मछली जैसा था। बाद में पता चला कि दाढ़ीवाली औरत दरअसल एक मर्द था जिसने औरतों के कपड़े पहन रखे और कुत्ते को सील मछली के चमड़े में डालकर नहाने के टब में छोड़ दिया गया था, जहां वह तैर रहा था।

नुमायश में कोई दिलचस्प चीज़ नहीं थी, लेकिन जब मैं बाहर निकल रहा था तो नुमायश के एजेण्ट ने मेरी तरफ इशारा करके जनता से कहा, 'लीजिए, इन महाशय से पूछिए, नुमायश दिलचस्प है या नहीं! टिकटें खरीदिए! टिकटे खरीदिए! सिर्फ एक फ्रांक में!' मुझे यह कहने में शर्म महसूस हो रही थी कि नुमायश देखने के काबिल नहीं है, और साफ जाहिर था कि एजेण्ट को भी मेरी इसी शर्म पर भरोसा था। मेरा ख्याल है कि जो लोग हनीमून के ग्लानिपूर्ण अनुभव में से गुज़रते हैं, उन्हें भी दूसरों के भ्रम दूर करने में शर्म आती है। मैंने भी दूसरों का भ्रम निवारण नहीं किया था, लेकिन अब मुझे कोई कारण नहीं नज़र आता, जिसके लिए मैं सचाई को छिपाऊं। मैं यह भी समझता हूं कि सच बोलना मेरा फर्ज है। मेरा हनीमून घबरानेवाला, शर्मनाक, घृणित, करुणाजनक और सबसे बड़ी बात यह कि नीरस और उबानेवाला था—बेहद उबानेवाला। यह उसी काल की तरह था, जब मैंने सिगरेट पीना सीखा था। मेरे मुंह से लार निकलती थी, जी में आता था कि मुंह से सिगरेट निकालकर फेंक दें, लेकिन लार निगलकर मैं यह दिखावा करता था कि मुझे बहुत मज़ा आ रहा है। सिगरेट का मज़ा अगर कभी आता भी है तो बाद में आता है। और इस मामले में भी यही होता है ; अगर पति-पत्नी इस पाप में आनन्द चाहते हैं, तो उन्हें इस पाप के लिए अपने को ट्रेनिंग देनी चाहिए।"

"आप इसे पाप कहते हैं?" मैंने बीच में पूछा, "लेकिन आप तो इन्सान के सबसे ज़्यादा कुदरती काम का ज़िक्र कर रहे हैं।"

"कुदरती?" उसने कहा, "कुदरती नहीं! मैं कहता हूं कि मैं इससे बिलकुल उलटे नतीजे पर पहुंचा हूं—वह यह है कि यह काम कुदरत के खिलाफ है और अस्वाभाविक है। छोटे बच्चों से पूछिए। मासूम नौजवान लड़कियों से पूछिए। मेरी बहन की छोटी उम्र में ही एक दुराचारी आदमी से शादी हुई थी जो उम्र में उससे दुगना बड़ा था। मुझे याद है—हमें यह देखकर कितनी हैरानी हुई थी जब शादी की रात को ही वह रोती हुई भाग आई थी। उसका चेहरा पीला पड़ गया था और वह चिल्ला रही थी कि वह हरगिज़,

किसी खातिर भी राज़ी नहीं होगी। उसका पति उससे क्या चाहता था, इसे बताने के लिए भी उसके पास शब्द नहीं थे।

"और आप इसे कुदरती कहते हैं? कई चीज़ें कुदरती होती हैं। कई चीज़ें ऐसी हैं जो शुरू से ही सुखद, आनन्दपूर्ण होती हैं, जो शर्मनाक नहीं होतीं। लेकिन यह काम ऐसा नहीं। यह घृणित, शर्मनाक और पीड़ाजनक है। नहीं, यह कुदरती नहीं! और मुझे यकीन है कि हर मासूम लड़की हमेशा इससे नफरत करती है।"

मैंने पूछा, "लेकिन मानव-जाति कैसे बनी रहेगी?"

"मानव-जाति कैसे बनी रहेगी?" उसने व्यंग्य-भरी आवाज़ में इस तरह दुहराया जैसे उसे पहले से ही मालूम था कि यह आम और शर्मनाक सवाल पूछा जाएगा। "बर्थ कंट्रोल का प्रचार आसान है, ताकि अंग्रेज़ रईसों के पेट भरने के लिए चीज़ों की कमी न हो; बर्थ कंट्रोल का अर्थ आसान है, ताकि अप्रिय परिणामों के बगैर ही आदमी मज़े लूट सके; लेकिन ज्योंही कोई नैतिकता के नाम पर बर्थ कंट्रोल का प्रचार करने के लिए मुंह खोलता है तो—ओह, कितना शोर मचाया जाता है! अगर एक या दो दर्जन व्यक्ति फैसला करें कि वे सूअरों जैसी ज़िन्दगी बसर करके ऊब गए हैं, तो सवाल पूछा जाता है कि मानव-जाति कैसे बनी रहेगी?...लेकिन माफ कीजिए, वह रोशनी मुझे सता रही है, अगर मैं इसे ढक दूं तो आपको एतराज़ तो नहीं होगा?" उसने लैम्प की तरफ इशारा करते हुए पूछा।

मैंने कहा कि मुझे कोई फर्क नहीं पड़ेगा। उसने अपने बेचैन ढंग से बेंच पर चढ़कर पर्दा खींचकर लैम्प को ढक दिया।

"फिर भी अगर सब आपके विचारों पर चलने लगें तो मानव-जाति मिट जाएगी।" मैंने कहा।

उसने चट से जवाब दिया:

"आप मानव-जाति के बने रहने के लिए चिन्तित हैं?" उसने फिर मेरे सामने आकर बैठते हुए कहा। टांगें चौड़ी करके उसने अपनी कुहनियां घुटनों पर

टिका ली थीं। "मानव-जाति को किसलिए बनी रहने दिया जाए?" उसने पूछा।

"आप यह क्यों पूछते हैं? अगर मानव-जाति नहीं रहेगी तो आप और हम भी नहीं रहेंगे।"

"हम किसलिए रहें?"

"ज़िन्दा रहने के लिए।"

"और हम किसलिए ज़िन्दा रहें? अगर ज़िन्दगी का कोई मकसद नहीं, अगर ज़िन्दगी खुद ही अपने में मकसद है, तब तो जीने का कोई मतलब नहीं। अगर यह बात सच है तब शोपनहावर, हार्तमान और बौद्धों के विचार भी बिलकुल सही हैं। लेकिन अगर ज़िन्दगी का कोई मकसद है तो यह ज़ाहिर है कि जब वह मकसद पूरा हो जाए तभी ज़िन्दगी को भी खत्म हो जाना चाहिए। सिर्फ यह नतीजा निकल सकता है। "उसने उत्तेजित स्वर में कहा। मालूम होता था, वह इस विचार को बहुत महत्त्वपूर्ण समझता था। "सिर्फ यह नतीजा निकल सकता है। देखो : अगर इन्सान की ज़िन्दगी का मकसद नेकी, दयालुता और प्यार है, अगर इन्सान की ज़िन्दगी का मकसद वह है जो पैगम्बरों ने बताया है कि सब लोग प्यार के बन्धन में एक हो जाएं और तलवार की जगह हल की फार उठा लें, वगैरह-वगैरह, तो फिर इस मकसद को पूरा करने के रास्ते में कौन-सी रुकावटें हैं?—हमारी वासनाएं। और सब वासनाओं से अधिक शक्तिशाली, सबसे अधिक नुकसान पहुंचानेवाली और हठीली वासना है कामवासना और शारीरिक प्रेम। इसलिए अगर वासनाओं का दमन किया जाए, खास तौर पर कामवासना का, जो सब वासनाओं से अधिक शक्तिशाली है, तो पैगम्बरों की भविष्यवाणियां सच हो जाएंगी और मानव-जाति एकता के सूत्र में बंध जाएगी, इन्सान की ज़िन्दगी का मकसद पूरा हो जाएगा, इसके बाद और कोई मकसद नहीं रहेगा। जब तक मानव-जाति कायम है, वह किसी न किसी आदर्श से प्रेरित होती रहेगी। वह आदर्श निश्चय ही सूअरों और खरगोशों की तरह जितनी संख्या में हो सके, सन्तान पैदा करना नहीं है, न ही वह आदर्श बन्दरों और पेरिस के लोगों की तरह

कामवासना में से अधिक से अधिक परिष्कृत आनन्द हासिल करना है, वह आदर्श है ब्रह्मचर्य और पवित्रता द्वारा नेकी को हासिल करना। इन्सान हमेशा से इसे पाने की कोशिशें करता आया है और करता रहेगा। लेकिन देखिए, इसका नतीजा क्या होता है।

"इसका नतीजा यह होता है : लगता है कि वासनापूर्ण प्यार एक सेफ्टी वाल्व है। वर्तमान पीढ़ी ने अभी मानव-जाति के उद्देश्य को प्राप्त नहीं किया—इसका कारण वासनाएं हैं, जिनमें कामवासना सबसे शक्तिशाली है। कामवासना का अस्तित्व है, वह नई पीढ़ी को जन्म देती है। नई पीढ़ी को इस उद्देश्य को पूरा करने का अवसर मिलता है, लेकिन नई पीढ़ी भी उसे पूरा नहीं करती, इसलिए वह अवसर फिर अगली नई पीढ़ी को मिलता है और मिलता जाएगा, जब तक कि वह उद्देश्य पूरा नहीं होता, जब तक सारी भविष्यवाणियां सच्ची नहीं साबित होतीं और जब तक मानवता एक नहीं हो जाती। इसके अलावा और कौन-सा उद्देश्य हो सकता है? हम अगर यह कल्पना करें कि खुदा ने इन्सानों को किसी विशेष उद्देश्य की पूर्ति के लिए बनाया है, तो उन्हें नश्वर, लेकिन कामवासना-रहित बनाया होता या अमरता प्रदान की होती। अगर इन्सान नश्वर लेकिन कामवासना-रहित होता, तो उसका क्या नतीजा निकलता? इन्सान अपने उद्देश्य को पूरा किए बगैर ज़िन्दगी गुज़ारकर मर जाते और उस उद्देश्य की पूर्ति के लिए खुदा को फिर नये इन्सान बनाने पड़ते। अगर इन्सान अमर होता तो मुमकिन है, (हालांकि पुरानी पीढ़ी की बजाय नई पीढ़ी के लोगों के लिए अपने पूर्वजों की गलतियों को सुधारना और सम्पूर्णता के निकट आना कम तकलीफदेह है)—मैं कहता हूं कि मुमकिन है कि कई हज़ार सालों के बाद इन्सान अपने उद्देश्य में सफल हो जाते। लेकिन फिर उन अमर इन्सानों का क्या उपयोग होता? नहीं, जैसा है, वह ठीक है। लेकिन शायद आपको एतराज़ है कि मैं किस ढंग से इस बात को बयान कर रहा हूं? शायद आप विकासवाद के सिद्धान्त के समर्थक हैं? फिर भी आप उसी नतीजे पर पहुंचेंगे। पशु-जीवन

के सर्वोच्च विकसित प्राणी—इन्सान—को दूसरे पशुओं के साथ संघर्ष में जीतने के लिए मधुमक्खियों की तरह एक हो जाना चाहिए; उन्हें बिना किसी हिसाब के बच्चे पैदा नहीं करते जाना चाहिए। मधुमक्खियों की तरह मानव-जाति में भी सेक्सशून्य व्यक्तियों का विकास होना चाहिए—अर्थात् कामवासना की पूर्ति की बजाय, जैसा कि हमारे समाज में होता है, हम नैतिक संयम की ओर बढ़े।" फिर वह क्षण-भर के लिए खामोश हो गया। "मानव-जाति का अन्त? लेकिन क्या कोई भी, चाहे उसके विचार कुछ भी हों, इस अन्त की अवश्यम्भाविता पर सन्देह कर सकता है? यह तो मृत्यु की तरह ही अनिवार्य है। सब धर्मों व विज्ञान की शिक्षा भी यही कहती है। तो फिर अगर नैतिक शिक्षाएं भी इसी अन्त की तरफ इशारा करें तो क्या इसमें कोई अजीब बात है?"

यह कहने के बाद बहुत देर तक वह खामोश रहा। उसने और चाय पी, सिगरेट खत्म किया और अपने थैले में से और सिगरेट निकालकर अपने पुराने, दागों से भरे सिगरेटकेस में भर लिए।

"मैं आपके विचार को समझ गया हूं। शेकर[1] सम्प्रदाय के लोग भी यही मानते हैं।" मैंने कहा।

"वे सही रास्ते पर हैं।" उसने कहा, "कामवासना चाहे किसी भी रूप में हो, एक बुराई है, एक भयंकर बुराई है, जिसका मुकाबला करना चाहिए, न कि प्रोत्साहन देना चाहिए, जैसाकि हम करते हैं। बाइबल के शब्दों में जो आदमी किसी औरत को वासनाभरी दृष्टि से देखता है, समझ लो कि वह मन ही मन उस औरत से व्यभिचार भी कर चुका है। यह बात सिर्फ दूसरों की पत्नियों पर ही नहीं, बल्कि सबसे पहले हमारी अपनी बीवियों पर भी लागू होती है।

---

1. एक धार्मिक सम्प्रदाय

12

"हमारी दुनिया में हर चीज़ बिलकुल उलटी है। अगर कोई आदमी शादी से पहले अपनी कामवासना पर संयम रखता है तो शादी होते ही वह संयम को अनावश्यक समझने लगता है। जो भी हो, शादी के बाद के वे सफ़र, वह एकान्त, जिसमें नौजवान अपने माता-पिता की इजाज़त से बंद हो जाते हैं—यह दुराचार की इजाज़त के सिवा कुछ नहीं। लेकिन नैतिक नियमों को अगर कोई तोड़ता है तो वे तोड़नेवाले को खुद सज़ा देते हैं। मैंने अपनी छुट्टी को हनीमून में बदलने की सख्त कोशिश की, लेकिन मुझे सफलता नहीं मिली। शुरू से लेकर आखिर तक वह वक्त शर्मनाक ग्लानिपूर्ण और उबानेवाला था। लेकिन कुछ ही दिनों में यह और भी अधिक दुःखदायी हो गया। बहुत जल्द तीसरे या चौथे दिन मैंने देखा, मेरी बीवी बहुत उदास थी। मैंने उससे उदासी का कारण पूछा और उसे प्यार से सहलाने लगा। मैंने सोचा कि वह यही चाहती होगी, लेकिन उसने मेरी बांह को धकेल दिया और रोने लगी। किसलिए? वह मुझे बता न सकी। लेकिन वह दुःखी और परेशान थी। शायद उसकी स्नायविक थकान उसे यह सचाई बता रही थी कि हमारे सम्बन्ध कितने घृणित थे, लेकिन वह उस सचाई को शब्दों में व्यक्त नहीं कर पा रही थी। मैंने उससे बार-बार उसकी उदासी का कारण पूछा। उसने अस्पष्ट स्वर में बुदबुदाकर कहा कि उसे अपनी मां की याद आती है। मुझे लगा कि यह सच नहीं था। मां की बात को अनसुना करके मैंने उसे पुचकारा। मैं यह न समझ सका कि वह दुःखी थी और मां की याद सिर्फ एक बहाना थी। लेकिन वह मुझसे नाराज़ हो गई कि मैंने उसकी मां की तरफ से उदासीनता दिखाकर उसकी बात पर अविश्वास किया है। उसने कहा कि उसे यकीन है मैं उसे प्यार नहीं करता। मैंने उसपर सनकी होने का आरोप लगाया। अचानक उसके चेहरे का भाव बिलकुल बदल गया। दुःख की जगह चिढ़ का भाव आ गया और उसने जले-कटे शब्दों में मुझपर स्वार्थी और बेरहम होने का आरोप लगाया।

मैंने उसकी तरफ देखा। उसके समूचे चेहरे से उदासीनता और विरोध टपक रहा था, लगता था वह मुझसे नफरत करने लगी थी। मुझे याद है, इससे मुझे कितना सदमा पहुंचा था। मैंने सोचा, 'यह कैसे हुआ? प्यार—आत्माओं के मिलन के स्थान पर यह हालत! असम्भव! वह आपे में नहीं है।' मैंने उसे शान्त करने की कोशिश की लेकिन मेरे सामने सर्द, तीखी दुश्मनी की इतनी ऊंची दीवार थी, जिसे लांघना असम्भव था, अनजाने में ही मुझे गुस्सा चढ़ गया और हमने एक-दूसरे को कई बेहूदा बातें कहीं। इस पहले झगड़े ने मुझपर बड़ा भयंकर असर डाला। मैं इसे झगड़ा कहता हूं, लेकिन दरअसल यह झगड़ा नहीं था—यह उस चौड़ी खाई का रहस्योद्घाटन था जो हम दोनों के बीच थी। वासना की सन्तुष्टि होते ही हमारा प्यार भी खत्म हो गया था, और अब हम एक-दूसरे के सामने अपने असली रिश्ते में थे—दो ऐसे व्यक्ति जो पूरी तरह से एक-दूसरे के लिए अजनबी और स्वार्थी थे, जो एक-दूसरे से अधिकाधिक सन्तुष्टि पाना चाहते थे।

"हमारे बीच जो हुआ उसे मैंने झगड़ा कहा है; लेकिन यह झगड़ा नहीं था, कामवासना की समाप्ति से हमारे असली रिश्ते की जो शक्ल उभरी थी इस झगड़े ने उसीके ऊपर का आवरण हटा दिया था। मुझे उस वक्त यह एहसास नहीं हुआ कि सर्द दुश्मनी का यह रवैया ही हमारा स्वाभाविक और साधारण रिश्ता था। मुझे यह एहसास इसलिए नहीं हुआ क्योंकि जल्द ही वासना की एक नई लहर ने फिर से प्यार पैदा करके, इस दुश्मनी के रवैये को हमारी आंखों से ओझल कर दिया था।

"मैंने सोचा था कि हमारा झगड़ा हुआ, फिर सुलह हो गई और भविष्य में ऐसी हरकत फिर नहीं होगी। लेकिन हनीमून के इस पहले महीने में ही, जल्द अरुचि का एक और दौर आया, जब हमें एक-दूसरे की ज़रूरत न रही। इससे फिर एक झगड़ा पैदा हुआ। मुझे दूसरा झगड़ा पहले झगड़े से ज़्यादा तकलीफदेह मालूम हुआ। मैंने सोचा, 'तो फिर हमारा पहला झगड़ा भी एक दुर्घटना नहीं था। ऐसी उम्मीद करनी चाहिए थी और निश्चय ही भविष्य में

भी इनकी पुनरावृत्ति होगी।' दूसरे झगड़े से मुझे खास तौर पर सदमा पहुंचा, क्योंकि वह सबसे ज़्यादा क्षुद्र कारण से—किसी पैसे के मामले पर शुरू हुआ था। पैसे के मामले में मैंने कभी कंजूसी नहीं दिखाई थी, न ही पत्नी के खर्चों पर मुझे कभी कोई शिकायत हो सकती थी। मुझे सिर्फ इतना याद है कि मेरी किसी बात का अर्थ तोड़-मरोड़कर उसने यह लगाया था कि मैं पैसे की वजह से उसे मुट्ठी में रखता हूं और पैसा खर्च करने का सिर्फ मुझको ही अधिकार है, या इसी तरह की नीचतापूर्ण और बेवकूफी की बात उसने कही थी, जो हम दोनों के लिए अशोभनीय थी। मुझे गुस्सा आ गया। मैंने उसपर बेसमझी का इल्ज़ाम लगाया। उसने भी जवाब में कुछ कहा। फिर हमारा झगड़ा शुरू हो गया। मैंने फिर उसके शब्दों में, चेहरे और आंखों के भाव में, वह सर्द, बेरहम दुश्मनी देखी, जिसने पहली बार मुझे इतना सदमा पहुंचाया था। अपने भाई, दोस्तों, यहां तक कि पिता से भी मेरा झगड़ा हुआ था, लेकिन मैंने कभी इतनी ज़हरीली दुर्भावना का प्रदर्शन नहीं देखा था, जो मुझे अपनी पत्नी के चेहरे में दिखाई दिया था।

"खैर, वक्त बीतने पर, यह पारस्परिक नफरत फिर प्यार के पर्दे के पीछे यानी वासना के पीछे छिप गई और मैंने यह सोचकर तसल्ली दी कि दो बार के वे झगड़े एक गलती थे, जिसे सुधारा जा सकता था। लेकिन जब तीसरी और चौथी बार झगड़ा हुआ तो मुझे हमेशा के लिए एहसास हो गया कि वे दुर्घटनाएं नहीं थीं, न उन्हें उस वक्त रोका जा सकता था, न ही भविष्य में रोका जा सकेगा। भविष्य की इस तस्वीर से मेरे मन में खौफ छा गया। साथ ही यह सोचकर मुझे और भी ज़्यादा तकलीफ हुई कि सिर्फ मुझे ही अपनी सारी आशाओं के विपरीत शादी में निराशा हुई है और दूसरे लोगों की शादियां सफल हैं। उस वक्त मैं नहीं जानता था कि हर आदमी की किस्मत में यही बदा है, और हर आदमी वही सोचता है जो मैं उस वक्त सोच रहा था, कि उसकी मुसीबत एक अपवाद है, और इस अपवादपूर्ण और शर्मनाक मुसीबत को न सिर्फ दूसरों से बल्कि अपने-आपसे छिपाता है और इसके अस्तित्व को मानने

से इन्कार करता है।

"हमारी दुश्मनी शादी के साथ ही शुरू हुई थी और वह दिनों-दिन बढ़ती गई, गहरी और कठोर होती गई। पहले हफ्ते से ही अपने दिल में मैंने यह महसूस किया था कि मैं 'गिरफ्तार कर लिया गया हूं!' मुझे इस बात की कतई उम्मीद नहीं थी, और शादी एक बड़े सुख की बजाय एक बड़ी मुसीबत बन गई थी। लेकिन सब लोगों की तरह मैं भी इस बात को स्वीकार नहीं करना चाहता था (अगर शादी का नतीजा बुरा न निकलता तो मैं कभी इस बात को स्वीकार न करता), और मैंने न सिर्फ दूसरों से बल्कि अपने से भी यह सच छिपाया। जब मैं इन बीती हुई बातों को फिर से सोचता हूं तो मुझे ताज्जुब होता है कि इतने लम्बे अरसे तक मैं क्यों न सचाई को पहचान सका। हमारे झगड़े इतनी मामूली बातों से शुरू होते थे कि हमें बाद में उनकी याद तक नहीं रहती थी—इसीसे हर बात मेरे आगे साफ हो जानी चाहिए थी। हमारे विवेक को झगड़ों के बड़े वज़नदार कारणों की ईजाद का मौका तक न मिला, जिनसे हम अपनी चिरस्थायी दुश्मनी को सहारा दे सकते। लेकिन हमारी सुलह के झूठे बहाने तो इससे भी भयंकर होते थे। कई बार तो सुलह से पहले सफाइयां, यहां तक कि आंसू भी होते थे, लेकिन कई बार—उसकी याद कितनी घृणित है!—एक-दूसरे को निष्ठुर से निष्ठुर शब्द कहने के बाद, हम शर्मीली निगाहों से एक-दूसरे को देखते थे, मुस्कराते थे, चूमते थे, बांहों में भर लेते थे। छिः, कैसी नीचता थी! मुझे इन सब बातों की नीचता उस वक्त क्यों नहीं दिखाई दी?"

13

दो मुसाफिर डिब्बे में आए और दूसरे सिरे की तरफ चले गए। जब तक वे आराम से बैठ नहीं गए, मेरा साथी खामोश रहा, लेकिन क्षण-भर के लिए भी उसने अपनी विचार-श्रृंखला को भंग नहीं होने दिया।

"इस मामले में सबसे घृणित बात यह है कि प्यार को एक आदर्श और ऊंची चीज़ समझा जाता है। दरअसल यह इतनी नीच और पाशविक चीज़ है कि इसके बारे में बात करना या सोचना भी नीचतापूर्ण और शर्मनाक बात है। कुदरत ने किन्हीं विशेष कारणों से इसे नीचतापूर्ण और शर्मनाक बनाया है। एक बार जान लेने पर लोगों को इसका असली, शर्मनाक और नीचतापूर्ण स्वरूप समझ लेना चाहिए, लेकिन लोग यह दिखावा करते हैं कि शर्मनाक और नीचतापूर्ण चीज़ें सुन्दर और उदात्त होती हैं। मेरे प्यार के प्रारम्भिक लक्षण क्या थे? बिना किसी शर्म के पाशविक वासना की पूर्ति—यहां तक कि मुझे अपनी वासना के इस अतिवाद पर घमण्ड भी था जिसकी पूर्ति में मैंने उसकी आत्मिक या शारीरिक सुविधा की भी कोई परवाह नहीं की थी। मेरी समझ में नहीं आता था कि हम एक-दूसरे से किसलिए इतने खफा रहते थे, लेकिन इसका कारण साफ है : यह गुस्सा हमारे मानव-स्वभाव का प्रोटेस्ट था, जिसे हम पशु-स्वभाव के अधीन करना चाहते थे।

"हम एक-दूसरे से कितनी नफरत करते थे, यह देखकर मुझे ताज्जुब होता था। लेकिन नफरत के अलावा और किसी चीज़ की उम्मीद ही नहीं की जा सकती थी। यह एक ही जुर्म के दो अपराधियों की आपसी नफरत थी। क्या यह जुर्म नहीं था कि वह बेचारी शादी के एक महीने के भीतर ही गर्भवती हो गई थी और इसके बावजूद हमारे पाशविक सम्बन्ध जारी थे? क्या आप समझते हैं कि इस बात की कहानी से कोई सम्बन्ध नहीं है? आप गलती पर हैं। मैंने अपनी पत्नी की हत्या कैसे की, यह उसी कहानी का एक हिस्सा है। मुकदमे में मुझसे पूछा गया कि मैंने कैसे और किस चीज़ से उसकी हत्या की थी। बेवकूफ! उनका ख्याल था कि मैंने पांच अक्तूबर को एक चाकू से उसकी हत्या की थी। हत्या उस रोज़ नहीं, बल्कि उससे बहुत पहले की थी, और उसी ढंग से की थी जिस ढंग से सब लोग यह काम कर रहे हैं—सब... सबके-सब!"

"आपका क्या मतलब है?"

"यही तो ताज्जुब की बात है—कोई भी आदमी इस साफ और सीधी सचाई को नहीं स्वीकार करना चाहता; जिसका ज्ञान डाक्टरों को होना चाहिए, जिसका प्रचार भी उन्हें करना चाहिए, लेकिन जिसके बारे में वे खामोश रहते हैं। मर्द और औरत को कुदरत ने इस ढंग से बनाया है कि बिलकुल जानवरों की तरह जब कामवासना में अति हो जाती है, तो उसका नतीजा गर्भ होता है, जिसके बाद बच्चे को खुराक की ज़रूरत होती है। ऐसी शारीरिक हालत में मर्द-औरत का शारीरिक सम्बन्ध मां और बच्चे दोनों के लिए नुकसानदेह होता है। इससे क्या पता चलता है! मेरे ख्याल में तो बात साफ है। जानवर जिस नतीजे पर पहुंचते हैं उस तक पहुंचने के लिए किसी बहुत बड़ी अक्लमन्दी की ज़रूरत नहीं।—अर्थात् संयम रखना। लेकिन इन्सान इस नतीजे पर नहीं पहुंचते। वैज्ञानिक इतने होशियार हैं कि उन्होंने खून में तैरनेवाले सफेद जीवाणुओं जैसी व्यर्थ चीज़ों को तो ढूंढ़ निकाला है, लेकिन इस नतीजे को ढूंढने की अक्ल उनमें नहीं है। कम से कम मैंने तो उनकी ज़बान से यह बात नहीं सुनी।

"इस तरह औरत के सामने सिर्फ दो रास्ते रह जाते हैं : एक तो यह कि वह औरत बनने की—अर्थात् मां बनने की क्षमता को एक ही बार में या धीरे-धीरे तबाह कर दे, ताकि उसका पति जब चाहे शारीरिक सुख प्राप्त कर सके; दूसरा रास्ता तो रास्ता भी नहीं है। यह कुदरत के नियमों का सीधा और फूहड़ उल्लंघन है, जिसे हमारे सब तथाकथित ईमानदार परिवार अपनाते हैं। इसका मतलब है कि अपनी प्रकृति के खिलाफ औरत को गर्भवती होना पड़ता है, बच्चे को दूध पिलाना पड़ता है और साथ-साथ अपने पति की रखेल भी बनना पड़ता है। कोई भी जानवर इस ज़बरदस्ती के आगे सिर नहीं झुका सकता। औरत में इतनी ताकत भी नहीं होती। इसीलिए हमारे वर्ग की औरतें नर्वस और विक्षिप्त बन जाती हैं। और किसानों की औरतें 'क्लीकुशी'[1] बन जाती हैं। देखिए, नौजवान और मासूम लड़कियां कभी क्लीकुशी नहीं होतीं,

1. सामान्य भाषा में झगड़ालू , विक्षिप्त औरत को क्लीकुशी कहते हैं।

सिर्फ औरतें और शादीशुदा औरतें ही क्लीकुशी होती हैं। हमारे देशवासियों में ऐसा ही होता है। यूरोप के लोगों पर भी यह बात लागू होती है। सब अस्पताल ऐसी औरतों से भरे रहते हैं, जिन्हें कुदरत के नियमों का उल्लंघन करके विक्षिप्त बना दिया गया है। लेकिन क्लीकुशी की मरीज़ वे औरतें होती हैं जिनका मानसिक संतुलन बिलकुल नष्ट होता जाता है। दुनिया ऐसी औरतों से भरी पड़ी है जो अभी उस अवस्था तक नहीं पहुंची।

"गर्भ से बच्चा पैदा करना और उसे दूध पिलाना कितनी आश्चर्यजनक क्रिया है! औरत हमारे उन उत्तराधिकारियों को पैदा करती है, जिनसे मानव-जाति की वृद्धि होगी। और कौन-सी चीज़ इस पवित्र क्रिया में बाधा डालती है? यह विचार ही कितना खौफनाक है! लेकिन फिर भी लोग औरतों की आज़ादी और औरतों के अधिकारों की बात करते हैं। यह तो वैसा ही हुआ, जैसे नरभक्षी लोग कत्ल करने से पहले अपने शिकारों को मोटा करें, साथ ही उन्हें यह विश्वास दिलाएं कि उन्हें अपने शिकारों के अधिकारों और आज़ादी की रक्षा की बेहद फिक्र है।"

मुझे उस आदमी के विचार नये और आघात पहुंचानेवाले लगे।

"लेकिन किया क्या जाए?" मैंने कहा, "अगर आपकी बात सच है, तब तो आदमी दो साल में सिर्फ एक बार अपनी पत्नी के साथ प्यार कर सकता है; लेकिन मर्द..."

"मर्द इसके बगैर ज़िन्दा नहीं रह सकते।" उसने टोककर कहा, "फिर विज्ञान के आदरणीय पादरियों ने सबको यह यकीन करवा दिया है। अगर इन विद्वानों को औरतों के वे सभी फर्ज़ निभाने के लिए मजबूर किया जाए, जिन्हें वे मर्दों के लिए इतना ज़रूरी समझते हैं, तो मैं उनका जवाब सुनना चाहूंगा। अगर आप किसी आदमी के दिल में यह बात पक्की तरह बिठा दें कि वोद्का, तम्बाकू और शराब उसके लिए ज़रूरी हैं, तो वे सचमुच ज़रूरी बन जाएंगी। इन लोगों की बातों से तो लगता है जैसे खुदा ने सृष्टि को गलत ढंग से बनाया है, क्योंकि उसे नहीं पता था कि कौन-सी चीज़ें ज़रूरी हैं; और उसने विद्वानों

से राय नहीं ली। जैसाकि आप देखते हैं कि इन मामलों की चूलें नहीं जुड़तीं। मर्दों ने तय कर लिया है कि वे अपनी वासना को सन्तुष्ट किए बगैर नहीं ज़िन्दा रह सकते। लेकिन औरत बच्चे पैदा करती है और उन्हें दूध पिलाती है, जिससे मर्दों की वासनापूर्ति में रुकावट पड़ती है। तो फिर क्या किया जाए? विद्वानों से अपील करो! वे सारा इन्तज़ाम कर देंगे। और वे इन्तज़ाम करते भी हैं। ओह! कब डाक्टरों का और उनके झूठों का पर्दाफाश होगा? वक्त आ गया है! हालतें इस हद तक पहुंच गई हैं कि लोग इसी वजह से पागल हो जाते हैं और अपने को गोली मार लेते हैं। आखिर ऐसी हालत होती क्यों न? जानवरों को मालूम है कि बच्चे वंश को बनाए रखने के लिए हैं और वे इस मामले में कुदरत के नियमों का पालन करते हैं। सिर्फ इन्सान ही नहीं जानता, न जानना चाहता है। वह सिर्फ एक ही बात चाहता है, वह यह कि उसे यथासम्भव आनन्द मिलना चाहिए। और इन्सान क्या है? इन्सान—सृष्टि का सम्राट है। ज़रा सोचिए—जानवर तभी मैथुन करते हैं, जब उनके लिए सन्तानोत्पत्ति आसान होती है, उधर सृष्टि का गन्दा सम्राट, जब भी हो सकता है, मैथुन करता है ; वह भी आनन्द के लिए। इससे भी बड़ी बात यह है कि वह इस चीज़ की सबसे उदात्त भावना—प्यार के बराबर समझने की कोशिश करता है। और इस प्यार के नाम पर—यानी इस नीचता के लिए—वह आधी मानव-जाति की बलि दे देता है। अपने आनन्द के लिए वह औरत को अपना दुश्मन बना लेता है—जिसे इन्सानियत की नेकी और सचाई की तरफ ले जाने के मकसद में मर्द का साथी बनना चाहिए। मुझे यह बताइए: मानव-जाति को आगे बढ़ने से कौन रोकता है? औरत। और औरत की यह हालत क्यों है? सिर्फ इसीलिए। हां, हां।" अंधेरे में सिगरेट तलाश करते हुए वह बार-बार दुहराने लगा, और फिर सिगरेट पीने लगा। वह अपने-आपको संयत करने की कोशिश कर रहा था।

14

"तो मैं इस तरह की पशुवत् ज़िन्दगी बसर कर रहा था," उसने उसी लहजे में अपनी बात जारी रखी, "सबसे बुरी बात यह थी कि ऐसी ज़िन्दगी बसर करते हुए भी मैं सोचता था कि चूंकि मैं दूसरी औरतों को अपने से व्यभिचार नहीं करने देता और अपनी बीवी के प्रति वफादार हूं, इसलिए मैं नैतिक सिद्धान्तों पर चलनेवाला और निर्दोष आदमी हूं। मैं सोचता था कि हमारे झगड़े की ज़िम्मेदारी मेरी बीवी पर, बल्कि उससे भी ज़्यादा उसके चरित्र पर है।

"लेकिन उसका कोई कसर नहीं था। वह बाकी औरतों से, कम से कम अधिकांश औरतों से भिन्न नहीं थी, वह उसी ढंग से पली थी, जिस ढंग से हमारे समाज में औरतों की हालत के मुताबिक विशेषाधिकार-प्राप्त वर्गों की लड़कियां पाली जाती हैं। उसी तरीके से जो उनकी परिस्थितियों में स्वाभाविक है। हम औरतों की आधुनिक शिक्षा के बारे में बहुत चर्चा सुनते हैं। ये सब कोरे शब्द हैं। औरतों के प्रति जब तक हमारा यही दृष्टिकोण रहेगा, तब तक उनकी शिक्षा भी ऐसी ही रहेगी जैसी कि है (हम जिस दृष्टिकोण का दिखावा करते हैं, दरअसल वह दृष्टिकोण हमारा नहीं है)। औरतों की शिक्षा हमेशा औरतों के प्रति मर्दों के दृष्टिकोण के मुताबिक होगी। हम सब जानते हैं कि मर्द औरतों को क्या समझते है।

"कवि भी औरत, शराब और संगीत के ही गीत गाते हैं। देखिए, सारी कविता, सारी चित्रकला और मूर्तिकला को, प्रेमगीतों से लेकर वीनस की नंगी मूर्तियों को—उनमें औरत को सिर्फ उपभोग की वस्तु समझा गया है। शाही नाचों में, त्रुब्नाया स्क्वेयर या ग्राचेन्का स्ट्रीट पर भी यही दिखाई देता है। और शैतान की चालाकी पर गौर कीजिए : अगर इसमें उपभोग और आनंद के सिवा कुछ न होता, तो हम इसे—सिर्फ उपभोग और आनन्द ही समझ लेते। हम समझ लेते कि औरत मिठाई के एक टुकड़े के सिवा और कुछ

नहीं, लेकिन नहीं, नाईटों[1] ने सबसे पहले दावा किया कि औरत उनसे ऊंची और पूजा की वस्तु है (वे औरत की पूजा भी करते थे, और उसे उपभोग का साधन भी समझते थे)। आजकल मर्द दावा करते हैं कि उनके दिलों में औरत के लिए इज़्ज़त है। कुछ मर्द औरतों के लिए अपनी कुर्सी छोड़कर उठ खड़े होते हैं; अगर किसी औरत का रूमाल गिर जाए तो उसे उठाते हैं। कुछ मानते हैं कि औरत को शासन और प्रबन्ध के किसी भी ओहदे को लेने का हक मिलना चाहिए—किसी भी ओहदे को। उनका दावा यही है, लेकिन औरत के प्रति उनका वही पुराना दृष्टिकोण है। उसे वे उपभोग की वस्तु समझते हैं, और उसके शरीर को आनन्द का साधन। औरत इस बात को जानती है। यह दासता का एक रूप है।

"दासता एक ऐसी हालत का नाम है, जिसमें कुछ लोग दूसरों से ज़बरदस्ती मेहनत करवाके उस से फायदा उठाते हैं। दासता तभी मिट सकती है जब लोग पाप और शर्मनाक काम समझकर दूसरों से बेगार लेने की ख्वाहिश न रखें। लेकिन व्यवहार में लोग दासों की बिक्री पर प्रतिबंध लगाकर सिर्फ दासता का बाहरी रूप बदल देते हैं और फिर सोचते हैं (और अपने को विश्वास दिलाते हैं) कि दासप्रथा खत्म कर दी गई है। वे इस बात को नहीं देखते, और न देखना चाहते हैं कि दासता अभी भी कायम है, क्योंकि लोग दूसरों की मेहनत से फायदा उठाना चाहते हैं और इसे सही और न्यायपूर्ण समझते हैं। जब तक इसे सही समझा जाता है, कुछ लोग, जो दूसरों से अधिक ताकतवर और चालाक हैं, दासप्रथा को जारी रखेंगे।

"यही हालत औरत की आज़ादी की है। औरत की दासता इस बात में है कि मर्द उसे अपने आनन्द का साधन बनाने की ख्वाहिश रखता है और इसे उचित समझता है। फिर लोग औरत को आज़ाद करने का ढकोसला रचते हैं—वे उसे मर्दों के बराबर अधिकार तो देते हैं, लेकिन उसे उपभोग की सामग्री समझते हैं। बचपन से औरत को यही शिक्षा मिलती है, जनमत भी

---

1. मध्ययुग के कुलीन शूरवीर

उसे यही सिखाता है। औरत पूर्ववत् पतित और दुराचारिणी दासी बनी रहती है। और मर्द भी पहले की तरह दुराचारी मालिक बने रहते हैं।

" मर्द औरत को कालेजों और अदालतों में आज़ादी देते हैं, लेकिन पहले की तरह उन्हें उपभोग की सामग्री समझते हैं। जब तक औरत को यही तालीम मिलती रहेगी (जोकि हम देते हैं) कि वह अपने को इसी रूप में देखे, तब तक वह निम्नस्तर का प्राणी बनी रहेगी। या फिर कायर डाक्टरों की मदद से वह गर्भधारण की क्रिया को रोक लेगी, जिसका अर्थ है कि वह एक वेश्या बन जाएगी—जानवरों के स्तर से भी नीचे गिरकर वह चीज़ों में शुमार हो जाएगी; या फिर उसकी हालत वही होगी जोकि आम तौर पर होती है—वह दुःखी, विक्षिप्त, मानसिक रूप से असंगत और आत्मिक विकास करने में असमर्थ रहेगी।

"स्कूल और कालेज इस मामले में कुछ नहीं कर सकते। सिर्फ एक ही चीज़ इस हालत को बदल सकती है, अगर औरत के प्रति मर्द का और स्वयं अपने प्रति औरत का दृष्टिकोण बदल जाए। यह परिवर्तन तभी सम्भव होगा जब औरतें कौमार्य को सर्वोच्च अवस्था समझें न कि शर्म और अपमान का कारण, जैसाकि इस समय होता है। जब तक ऐसा नहीं होता, हर लड़की की महत्त्वाकांक्षा, चाहे वह कितनी ही पढ़ी-लिखी क्यों न हो, यही होगी कि यथासंभव अधिक से अधिक संख्या में पुरुषों को अपनी तरफ आकर्षित करे ताकि उनमें से उसे चुनाव करने का मौका मिल सके।

"चूंकि किसी औरत को गणित का ज्ञान है या वह वीणा बजा सकती है, इससे उसकी स्थिति में रत्ती-भर फर्क नहीं आएगा। औरत अपने को सुखी तभी समझती है, और उसका सर्वोच्च उद्देश्य तभी पूरा होता है, जब वह किसी मर्द को लुभा लेती है। इसलिए ज़िन्दगी में उसका मुख्य उद्देश्य मर्दों को लुभाना बन जाता है। अतीत में भी ऐसा था और भविष्य में भी यही रहेगा। अविवाहित लड़कियों और विवाहित औरतों, दोनों पर यह बात लागू होती है। चुनाव के मौके पाने की खातिर अविवाहित लड़कियों को यह करना

पड़ेगा और अपने पतियों पर रोब डालने के लिए विवाहित औरतें भी यही करेंगी।

"इस दिशा में औरत के प्रयत्नों को रोकनेवाली या कुछ देर के लिए स्थगित करनेवाली एक ही चीज़ है—बच्चे का जन्म। वह भी रुकावट तभी बनता है, अगर औरत राक्षसी न हो, अर्थात् अपने बच्चे को खुद दूध पिलाती हो। लेकिन डाक्टर फिर दखल देते हैं।

"मेरी पत्नी अपने बच्चों को दूध पिलाना चाहती थी और उसने पांच बच्चों को दूध पिलाया भी था। पहले बच्चे के जन्म के बाद से ही वह अस्वस्थ थी। डाक्टर—जो शर्मनाक ढंग से उसे नंगा करके उसका सारा शरीर टटोलते थे (और मुझसे यह उम्मीद की जाती थी कि मैं इस काम के लिए उन्हें धन्यवाद के साथ-साथ फीस भी दूं)—ये माननीय डाक्टर इस नतीजे पर पहुंचे कि उसे अपने पहले बच्चे को दूध नहीं पिलाना चाहिए। इस तरह मेरी पत्नी को अपनी नज़ाकत से मुक्ति पाने के एकमात्र साधन से वंचित कर दिया गया। बच्चे के लिए दूध पिलानेवाली एक धाय ढूढ़ी गई, जिसका अर्थ यह था कि हमने एक अजनबी औरत की गरीबी और अज्ञान का फायदा उठाकर धोखे से उसे उसके बच्चे से अलग कर दिया था और उसको अपना बच्चा दे दिया था। इसके बदले में हमने उसे कलफवाली सफेद टोपी पहनाई थी, जिसके ऊपर फीता लगा था। लेकिन इसका असली बात से कोई संबंध नहीं है। असली बात यह है कि बच्चे के जन्म के बाद मेरी पत्नी स्वस्थ हो गई और उसे बच्चे को दूध पिलाने से छुट्टी मिल गई, तो उसके भीतर की सोई हुई शोखी प्रचंड रूप से भड़क उठी और उसकी शोखी के समानुपात में मुझे ईर्ष्या यन्त्रणा देने लगी। शादी के दिन से ही इस ईर्ष्या ने मुझे क्षण-भर चैन नहीं लेने दिया था। उन सब पतियों को, जो मेरी तरह अपनी पत्नियों के साथ अनैतिक जीवन बिताते हैं, अनिवार्य रूप से यह ईर्ष्या सताती होगी।

15

"अपने सारे विवाहित जीवन में एक मिनट के लिए भी मुझे ईर्ष्या की पीड़ा से मुक्ति नहीं मिली थी। लेकिन कुछ दौर ऐसे आते थे, जब मेरी वेदना अधिक गहरी हो जाती थी। पहले बच्चे के पैदा होने के बाद, जब डाक्टरों ने मेरी पत्नी को ताकीद की थी कि वह बच्चे को दूध न पिलाए, तब भी ऐसा दौर आया था। उस वक्त मुझे विशेष रूप से ईर्ष्या महसूस हुई थी। जिसका सबसे पहला कारण यह था कि मेरी पत्नी एक हलचल और उत्साह अनुभव कर रही थी—प्रकृति का जब खामखा उल्लंघन किया जाता है, तो यह अवश्य होता है और एक मां के लिए स्वाभाविक है—दूसरा यह कि जिस आसानी से मेरी पत्नी ने मातृत्व की नैतिक ज़िम्मेदारियों से छुटकारा पा लिया था, उसे देखकर मैंने यह सही (अचेतन रूप से) नतीजा निकाला कि दाम्पत्य जीवन की ज़िम्मेदारियों से भी वह इतनी ही आसानी से छुटकारा पा सकती है। खास तौर पर जब से वह बिलकुल स्वस्थ हो गई और माननीय डाक्टरों की मनाही के बावजूद उसने बिना किसी बुरे नतीजों के अपने दूसरे बच्चों को खुद दूध पिलाया था।"

"देखता हूं, आप डाक्टरों को कतई नहीं चाहते।" हर बार डाक्टरों के ज़िक्र पर उसकी आंखों में जो दुर्भावनापूर्ण चमक आ जाती थी, उसे देखकर मैंने कहा।

"सवाल डाक्टरों को चाहने या न चाहने का नहीं है। लाखों लोगों की तरह डाक्टरों ने मेरी ज़िन्दगी भी तबाह कर दी। और मैं कारण को नतीजे से अलग नहीं कर सकता। मैं समझ सकता हूं कि वकीलों की तरह डाक्टर भी अपने मरीज़ों से पैसा लूटना चाहते हैं। मैं उन्हें खुशी से अपनी आधी आमदनी सौंप देता (सच्ची हालत को समझनेवाला कोई भी व्यक्ति यही करता), अगर ऐसा करने से मैं उन्हें अपने पारिवारिक जीवन में दखल देने से रोक सकता। मैंने आंकड़े तो इकट्ठे नहीं किए, लेकिन मैं ऐसी दर्जनों मिसालें दे सकता हूं

(सैकड़ों बार ऐसा होता है) जब डाक्टरों ने यह कहकर कि मां बच्चे पैदा करने में असमर्थ है, या तो बच्चे को ही पेट में मार डाला (हालांकि बाद में उसी औरत ने सफलतापूर्वक बच्चे पैदा किए) या कोई ऑपरेशन करके मां को मार डाला। ऐसी मौतों को कोई हत्या नहीं कहता, जिस तरह मध्ययुग में रोमन कैथोलिकों द्वारा की गई अपने धार्मिक विरोधियों की हत्याओं को हत्या नहीं कहा जाता था, क्योंकि यह दावा किया जाता था कि वे हत्याएं इन्सान की भलाई के लिए की गई हैं। डाक्टर असंख्य अपराध करते हैं, लेकिन ये सब अपराध भौतिकवाद के उस नैतिक भ्रष्टाचार के सामने फीके हैं जो डाक्टर औरतों के ज़रिये दुनिया में फैलाते हैं। साथ ही अगर हम उनकी राय पर चलें तो हम एक-दूसरे से भी अलग हो जाएंगे, क्योंकि छूत हर जगह और हर चीज़ में है। मानव-जाति की एकता के लिए कोशिश करने की बजाय डाक्टरों की शिक्षा के अनुसार हममें से हरेक को मुंह में कारबोलिक एसिड का घोल डालकर बैठ जाना चाहिए (वैसे हाल ही में पता चला है कि इस घोल का कोई असर नहीं होता)। लेकिन यह भी कोई खास बड़ी बात नहीं है। असली बात यह है कि डाक्टर लोगों को बिगाड़ते हैं, खास तौर पर औरतों को।

"आजकल कोई यह नहीं कह सकता, 'तुम्हारे तौर-तरीके गलत हैं, उन्हें बदल लो।' यह बात न कोई अपने से कह सकता है न किसी दूसरे से। अगर आपके तौर-तरीके गलत हैं तो इसका कारण स्नायु-प्रणाली की कोई विकृति, या इसी तरह की कोई और चीज़ है, आपको डाक्टरों के पास जाना चाहिए। वे पैंतीस कोपेक की दवाई का नुस्खा लिखकर देंगे, जो आपको लेनी चाहिए। आपकी हालत बिगड़ जाए तो आप और ज़्यादा डाक्टरों से मशवरा करें और ज़्यादा दवाई लें। कैसा शानदार रिवाज है!

"लेकिन असली बात यह नहीं। मैं सिर्फ यही कहना चाहता था कि मेरी पत्नी ने अपने बाकी बच्चों को बिना किसी तकलीफ के दूध पिलाया और जब वह बच्चे की मां बननेवाली होती थी या बच्चों को दूध पिलाती थी, सिर्फ उसी अर्से में मेरी ईर्ष्या की यंत्रणाएं भी कम हो जाती थीं, वरना जो बाद

में हुआ वह बहुत पहले हो जाता। बच्चों ने हम दोनों को बचाया। आठ साल में वह पांच बच्चों की मां बनी। और उसने पांचों को अपना दूध पिलाया।"

"और अब आपके बच्चे कहां हैं?" मैंने पूछा।

"मेरे बच्चे?" उसने भयभीत होकर पूछा।

"माफ कीजिए, शायद उनकी याद से आपको कष्ट होता है!"

"नहीं, कोई बात नहीं। मेरे बच्चों को मेरी पत्नी का भाई और भावज आकर ले गए थे। उन्होंने बच्चों को मेरे पास नहीं रहने दिया। मैंने उन्हें अपनी सारी जायदाद दे दी, लेकिन उन्होंने बच्चों को मेरे पास नहीं रहने दिया। लोग मुझे पागल समझते हैं। मैं अभी उनसे मिलने गया था। मैंने उनसे बातचीत की। लेकिर वे बच्चे मुझे नहीं देंगे। आप जानते हैं कि मैं उन्हें इस ढंग से पालूंगा कि वे अपने माता-पिता जैसे न बनें, न ही उनमें आपस में फर्क हो। आह! तो क्या किया जाए? यह स्वाभाविक है कि वे लोग बच्चे मुझे नहीं देंगे, और मुझपर विश्वास नहीं करेंगे। और मैं विश्वास के साथ यह नहीं कह सकता कि मुझमें उन्हें पालने की शक्ति होगी। मुझे डर है कि नहीं होगी। मैं एक खंडहर हूं, तबाह हो चुका हूं। लेकिन मेरे पास एक चीज़ है, वह है ज्ञान। हां, मुझे वे बातें मालूम हैं, जिन्हें सीखने में दूसरों को बहुत वक्त लगेगा।

"मेरे बच्चे ज़िन्दा हैं और बड़े होकर असभ्य और बर्बर बनेंगे, दूसरे सभी लोगों की तरह। मैं उनसे तीन बार मिला हूं। मैं उनकी कोई मदद नहीं कर सकता। मैं दक्षिण की तरफ ज़ा रहा हूं। वहां मेरा एक छोटा-सा मकान और बाग है।

"हां, जो मैं जानता हूं, उसे सीखने में दूसरे लोगों को बहुत वक्त लगेगा। हमें यह जानने में देर नहीं लगेगी कि सूरज और तारों में लोहे तथा अन्य धातुओं की मात्रा क्या है, लेकिन अब उन बातों को जानना, जो हमारी वहशत का फर्दाफाश करती हैं, मुश्किल है, बहुत मुश्किल...

"कम से कम आपने मेरी बातों को सुना। इसके लिए मैं कृतज्ञ हूं।

16

"आपने मेरे बच्चों का ज़िक्र किया। मैं फिर कहता हूं कि बच्चों के प्रति भी कितना गलत दृष्टिकोण अपनाया जाता है! बच्चे सुख की चीज़ हैं। वे खुदा की नेमत हैं। यह झूठ है। वे कभी नेमत रहे होंगे, लेकिन अब नहीं हैं। बच्चे एक मुसीबत हैं, उसके सिवा कुछ नहीं। बहुत-सी माताएं इस बात से पूरी तरह परिचित हैं और अगर आप ऐसे क्षण में उनसे यह बात पूछें जब वे सतर्क न हों, तो वे यही कहेंगी। सुविधाप्राप्त वर्ग की किसी मां से पूछिए, वह आपको बताएगी कि वह इसलिए बच्चे नहीं चाहती, क्योंकि वे बीमार पड़ जाते हैं और मर जाते हैं—अगर कोई बच्चा पैदा हो भी जाता है। तो वह इस डर से उसे दूध नहीं पिलाती कि उसे बच्चे से मोह हो जाएगा और दु:ख उठाना पड़ेगा। बच्चे की खूबसूरती में—उसके नन्हे हाथों, पैरों और शरीर में जो सुख मिलता है, वह उस पीड़ा से कम है जो बच्चे की बीमारी या मौत से नहीं, बल्कि उसकी बीमारी या मौत के डर-मात्र से पैदा होती है। बच्चे पैदा करने के फायदों और नुकसानों पर जब गौर किया जाता है तो फायदों की बजाय नुकसान ही ज़्यादा दिखाई देते हैं, इसलिए बच्चे न पैदा करना बेहतर समझा जाता है। औरतें इस बात को साफ-साफ, हिम्मत से कहती हैं। वे सोचती हैं कि उनकी भावनाओं का कारण बच्चों के प्रति प्यार है—जो एक अच्छी और प्रशंसनीय भावना है, जिसपर औरतों को घमंड होता है। वे यह नहीं देख पातीं कि सोचने का यह तरीका प्यार से इन्कार और स्वार्थ का आग्रह है। बच्चे की वजह से उन्हें जितनी तकलीफ होती है, उसके मुकाबले में सुख कम मिलता है, इसलिए वे बच्चा नहीं पैदा करना चाहतीं। वे एक प्रिय प्राणी की खातिर अपने को कुर्बान नहीं करतीं, बल्कि अपनी खातिर जो प्रियजन हो सकता है उसे कुर्बान करती हैं।

"ज़ाहिर है कि यह प्यार नहीं बल्कि स्वार्थ है। लेकिन इस स्वार्थपरता के लिए अमीर माताओं को दोष देना कठिन है। भद्रवर्ग की औरतों को अपने

बच्चों की सेहत के लिए कितनी कीमत अदा करनी पड़ती है, इसे याद करके कोई प्रोटेस्ट में एक शब्द भी नहीं कह सकता (फिर, डाक्टर लोग ही इसके लिए ज़िम्मेदार हैं)। आज भी उन प्रारम्भिक दिनों की याद से मेरे शरीर में हर बार कंपकंपी दौड़ जाती है, जब हमारे घर में तीन-चार बच्चे थे और उनकी देखभाल में ही मेरी पत्नी का सारा समय और शक्ति खर्च हो जाती थी। मेरे लिए उसके पास कोई समय नहीं था। हम लगातार खतरे के साये में रहते थे। हमें इस खतरे से बचने का, खतरे के दुबारा लौटने का डर था—लगता था जैसे हम डूबते हुए जहाज़ के मुसाफिर हों। कई बार मुझे लगता था कि यह वातावरण जानबूझकर पैदा किया जाता था। मेरी पत्नी बच्चों की भलाई के लिए चिन्ता का अभिनय इसलिए करती थी ताकि वह मुझे दबाकर रख सके। अपने पक्ष में सब सवालों का हल निकालने का यह सीधासादा, आकर्षक तरीका था। कई बार मैं सोचता था कि वह जो भी करती है या कहती है, वह ढोंग है। लेकिन यह मेरी गलती थी। वह सचमुच भयंकर रूप से परेशान थी। वह हर वक्त बच्चों के लिए, उनकी सेहत के लिए, उनकी बीमारियों की वजह से परेशान रहती थी। यह हम दोनों के लिए एक यंत्रणा थी। अधिकांश औरतों की तरह उसके मन में बच्चों के लिए परेशानी, बच्चों के खाने-पीने, आराम और सुरक्षा की ज़िम्मेदारी की उतनी ही प्रबल भावना थी, जो सब पशुओं में भी होती है, लेकिन उसमें ऐसी चीज़ें भी हैं जो पशुओं में नहीं होतीं—तर्क और कल्पनाशक्ति। मुर्गी को इस बात की चिन्ता नहीं रहती कि उसके चूज़े को क्या होगा, वह नहीं जानती कि चूज़े पर क्या-क्या मुसीबत या बीमारी आ सकती है, न उसे उन दवाइयों का पता है जिनके बारे में लोगों का ख्याल है कि वे बीमारियों और मौत को रोक सकती हैं। इसलिए मुर्गी को उसकी संतान यंत्रणा नहीं देती। वह अपने बच्चों के लिए जो भी करना चाहिए करती है, और खुशी-खुशी करती है। उसके लिए बच्चे सुख हैं। अगर चूज़ा बीमार पड़ जाता है तो वह ठीक-ठीक जानती है कि उसे क्या करना चाहिए : बह बच्चे को खाना खिलाती है और गर्म रखती है। ऐसा करते हुए वह जानती है कि

जिस देख-भाल की भी ज़रूरत है, वह उसके लिए कर रही है। अगर चूज़ा मर जाता है तो वह अपने-आपसे यह सवाल नहीं पूछती कि वह क्यों मरा और मरकर कहां चला गया ; वह थोड़ा कुड़कुड़ाती है, फिर दुःख पर काबू पा लेती है और पहले की तरह जीती है। लेकिन हमारी बदकिस्मत औरतों के लिए इतना काफी नहीं है, खास तौर पर मेरी पत्नी के लिए काफी नहीं था। वह बच्चों की शिक्षा और लालन-पालन के विविध और बदलनेवाले असंख्य नियमों और तरीकों को सुनती और पढ़ती थी, बच्चों की बीमारियों और इलाज के बारे में तो कहना ही क्या—उन्हें फलां-फलां चीज़ें खिलानी चाहिए ; बल्कि यह और वह देने की बजाय, वह और यह देना चाहिए। हर हफ्ते हम, खास तौर पर मेरी पत्नी, बच्चों को खाना खिलाने, कपड़े पहनाने, नहलाने, सुलाने, सैर पर ले जाने और हवाखोरी के बारे में कोई न कोई नई बात ज़रूर ढूंढ़ निकालते थे। जैसे दुनिया में पहले कभी बच्चे पैदा ही नहीं हुए। अगर कोई बच्चा बीमार पड़ जाता, तो हम समझते थे कि उसे ठीक से ठीक वक्त पर खिलाया, नहलाया नहीं गया। संक्षेप में मेरी पत्नी अपने को बीमारी के लिए ज़िम्मेदार समझती थी, क्योंकि उसने अपना फर्ज़ अदा नहीं किया था।

"जब बच्चे ठीक रहते थे तब भी अच्छी-खासी मुसीबत रहती थी, लेकिन जब वे बीमार पड़ जाते थे तो ज़िन्दगी नरक बन जाती थी। यह पहले से ही तय कर लिया जाता है कि बीमारियां ठीक हो सकती हैं और विज्ञान की एक शाखा इसीसे ताल्लुक रखती है और कुछ लोग—डाक्टर—इलाज करना जानते हैं। सब डाक्टरों को इलाज करना नहीं आता, लेकिन सबसे बढ़िया डाक्टर यह विद्या जानते हैं। इसलिए अगर एक बच्चा बीमार है तो सबसे बढ़िया डाक्टर तलाश करना चाहिए जो इलाज करना जानता है। बस, बच्चा बच जाएगा ; लेकिन अगर हमें वह खास डाक्टर नहीं मिलता, या संयोगवश हम उस जगह नहीं रहते, जहां वह रहता है, तो बच्चे का खात्मा समझिए। इस बात में विश्वास रखनेवालों में सिर्फ मेरी पत्नी ही नहीं थी, हमारे वर्ग में सभी औरतें यह मानती थीं और सब जगह मेरी पत्नी को सिर्फ एक

ही बात सुनाई देती थी—'येकेत रीना सेम्योनोव्ना के दो बच्चे इसलिए चल बसे क्योंकि उसने सही वक्त पर ईवान ज़खारिच को नहीं बुलाया।' 'ईवान ज़खारिच ने मारिया ईवोनोव्ना की बड़ी बेटी की जान बचाई।' 'डाक्टर की सलाह के मुताबिक पेत्रोव दम्पती अलग होटलों में रहने लगे और बच्चों की जान बच गई। अगर वे ऐसा न करते तो बच्चे मर जाते।' 'फलां का बच्चा बड़ा कमज़ोर था, डाक्टर की सलाह पर वे दक्षिण चले गए और बच्चा बच गया।' भला मेरी पत्नी हर वक्त परेशान और दुःखी कैसे न रहती, जबकि उसके बच्चों की ज़िन्दगी, जिन बच्चों की भलाई के लिए वह किसी भी जानवर की तरह परेशान रहती थी, यह जानने पर निर्भर करती थी कि अमुक मामले में अगर ईवान ज़खारिच से ठीक समय पर मशवरा न लिया गया तो वह क्या कहेगा। लेकिन ईवान ज़खारिच क्या कहेगा यह कोई नहीं जानता था, वह खुद तो बिलकुल ही नहीं जानता था ; डाक्टर को अच्छी तरह पता था कि उसको कुछ नहीं आता और वह कुछ नहीं कर सकता। वह किसी न किसी संयोग और अपने प्रभाव से इस बात की कोशिश करता कि लोगों की आत्मा उसमें बनी रहे। डाक्टर होने के नाते उसे यह गुर आता था। अगर मेरी पत्नी पूरी तरह से पशु होती तो उसे यंत्रणाएं न झेलनी पड़तीं ; अगर वह पूरी तरह से इन्सान होती तो वह खुदा में यकीन रखती और सब आस्तिकों की तरह यह सोचती और कहती, 'खुदा देता है, खुदा ही छीन लेता है ; खुदा की मर्ज़ी वगैर कुछ नहीं होता।' वह सोचती कि सब लोगों की, जिसमें उसके बच्चे भी शामिल हैं, ज़िन्दगी और मौत इन्सान के हाथों में नहीं, बल्कि खुदा के हाथों में है। तब उसे यह विचार न सताता कि वह अपने बच्चों की बीमारी और मौत को रोक सकती है, न ही वैसा करने की कोशिश करती। लेकिन वह सारी परिस्थिति को यूं देखती थी : उसे सृष्टि के सबसे कमज़ोर और नाज़ुक प्राणियों को पालने-पोसने की ज़िम्मेदारी सौंपी गई है जो असंख्य बीमारियों के शिकार बन सकते हैं। उसके मन में इन प्राणियों के प्रति पशुओं की तरह तीव्र प्यार था, वह उनके लिए ज़िम्मेदार थी, फिर भी उन्हें बचाने के साधन

सिवा कुछ पण्डितों के किसीको मालूम नहीं थे, इन पण्डितों की राय और सेवाएं बहुत बड़ी रकम देकर ही प्राप्त की जा सकती थीं सो भी हमेशा नहीं।

"बच्चों के साथ मेरी पत्नी की ज़िन्दगी, जिसके फलस्वरूप मेरी ज़िन्दगी भी, आनंद के बजाय एक यंत्रणा बन गई। बनती कैसे न? वह हर वक्त पीड़ित रहती थी, कई बार ईर्ष्या से पैदा हुए या मामूली झगड़े के बाद मैं सोचता था कि आराम करूंगा। मेरे मन में पढ़ने और सोचने की ख्वाहिश होती थी, लेकिन मैं कोई काम शुरू करता था तो फौरन खबर मिलती थी कि वास्या ने उलटी की है या माशा के पखाने में खून के कतरे दिखाई दिए हैं या आंद्री की खाल पर दाने निकल आए है। बस, मेरी उम्मीदें चकनाचूर हो जाती थीं। मुझे कहां जाना चाहिए? किस डाक्टर को बुलाना चाहिए? हम बच्चे को अलग कैसे रखें? और फिर—दवाइयों, थर्मामीटरों, अनीमा—डाक्टरों का चक्कर शुरू होता था—एक दुश्मन घेरा उठाता था, तो दूसरा हमें घेर लेता था। नार्मल सुव्यवस्थित पारिवारिक ज़िन्दगी जैसी कोई चीज़ हमारे यहां नहीं थी। इसके स्थान पर, जैसाकि मैंने कहा है, हम लगातार अपने को वास्तविक और काल्पनिक खतरों से ही बचाते रहते थे। अधिकांश परिवारों की ज़िन्दगी इसी तरह चलती है। मेरे परिवार के बारे में तो यह बात एकदम सच है, क्योंकि मेरी पत्नी बहुत जल्द लोगों की बातों पर विश्वास कर लेती थी और बच्चों को बहुत चाहती थी।

"इस तरह बच्चों के पैदा होने से हमारी ज़िन्दगी में सुधार होने के बजाय ज़हर घुल गया। इसके अलावा बच्चे झगड़ों का नया कारण बन गए। यह बात उनके पैदा होने के साथ ही स्पष्ट हो गई और वे जितने बड़े होते थे, झगड़ों के साधन और कारण बनते जाते थे। झगड़ों का कारण ही नहीं, वे संघर्ष का हथियार भी थे। हम अपने बच्चों को हथियार बनाकर एक-दूसरे से लड़ते थे। हर बच्चा हम दोनों में से किसी एक का लाड़ला था और उसे हथियार की तरह इस्तेमाल किया जाता था। मेरी चोटें अक्सर हमारे सबसे बड़े बेटे वास्या पर की जाती थीं। मेरी पत्नी के वार लिज़ा पर

होते थे। उम्र बढ़ने और चरित्र के विकास के साथ-साथ बच्चे भावी मित्र बन गए, जिन्हें हम दोनों अपने-अपने पक्ष में मिलाने की कोशिशें करते थे। इस वजह से बेचारे बच्चों को बड़ी मुसीबतें झेलनी पड़ती थीं, लेकिन हम अपने अविराम युद्ध में इतने व्यस्त थे कि हमें बच्चों के दिलों के बारे में सोचने की फुर्सत ही नहीं थी। हमारी बेटी मेरी तरफ थी, बड़ा लड़का (जिसकी शक्ल मां से मिलती थी और जो मां का लाड़ला था) मेरी पत्नी की तरफ था और मैं अक्सर उससे नफरत करता था।

17

"इस तरह हर रोज़ हमारी ज़िन्दगी गुज़रती गई। हमारे सम्बन्धों में दुश्मनी बढ़ती गई। अन्त में ऐसी हालत आ गई कि मतभेदों से झगड़े पैदा होने की जगह, झगड़ों की वजह से मतभेद पैदा होने लगे। उसके मुंह से बात निकलने से पहले ही मैं उस बात के खिलाफ हो जाता था। मेरी पत्नी का भी यही हाल था।

"चौथे साल में दोनों स्वतंत्र रूप से इस नतीजे पर पहुंचे कि हम न एक-दूसरे को समझ सकते हैं, न हमारी आपस में पट सकती है। हम अब समझौता करने की कोशिश नहीं करते थे। मामूली बातों में, खास तौर पर अगर वे बच्चों से ताल्लुक रखती थीं, हम अपनी-अपनी अलग राय पर कायम रहते थे, जिसमें कभी कोई फर्क नहीं आता था। मुझे अब याद आ रहा है कि मैं जिन बातों की पैरवी करता था, उनसे मुझे इतना लगाव नहीं था कि उन्हें छोड़ न सकता। लेकिन मेरी पत्नी के विचार भिन्न थे, इसलिए झुकने का अर्थ था पत्नी से दबना। मैं इसके लिए तैयार नहीं था। न ही वह ऐसा कर सकती थी। शायद वह अपने को सही समझती थी ; मुझे विश्वास था कि मैं सही रास्ते पर हूं। एकान्त में हम या तो खामोश रहते थे या पशु-स्तर की बातचीत करते

थे—'कितने बजे हैं?' 'सोने का वक्त हो गया है।' 'आज खाने के लिए कौन-सी चीज़ बनेगी?' 'हम कहां जाएंगे?' 'अखबारों में क्या खबर है?' 'हमें डाक्टर को बुलाना चाहिए, माशा का गला सूज गया है।' अगर हम बातचीत के दुष्कर रूप से संकीर्ण विषयों में बाल बराबर भी इधर-उधर हटते, तो उसका नतीजा क्षोभ होता। हमारा गुस्सा भड़क उठता था; काफी, मेज़पोश, गाडी, ताश की किसी चाल जैसी मामूली बातों पर, जिनका हम दोनों के लिए कतई महत्त्व नहीं था, गाली-गलौज शुरू हो जाती। जहां तक मेरा सम्बन्ध है, मैं कह सकता हूं कि कई बार उसके प्रति मेरी नफरत झक्कीपन की हद तक पहुंच जाती थी। कई बार जब मैं उसे प्याली में चाय उंडेलते, पैर हिलाते, मुंह की तरफ चम्मच ले जाते या चाय की चुस्कियां लेते देखता था, तो मुझको उसके तौर-तरीकों से इतनी नफरत होती थी, जैसे वह कोई जघन्य अपराध कर रही हो। उस वक्त मैं यह देखने में असमर्थ था कि मेरी नफरत का दौर हर बार नियमपूर्वक तथाकथित प्रेम के बाद अनिवार्य रूप से आता था—एक दौर प्यार का, एक दौर नफरत का। प्यार के एक मन्द दौर के बाद, नफरत का एक संक्षिप्त दौर आता था। प्यार के तीव्र दौर के बाद नफरत का एक लम्बा दौर आता था। उस वक्त हमें यह एहसाह नहीं हुआ था कि यह प्यार और नफरत एक ही पशुवत् भावना के दो पहलू थे।

"अगर हम परिस्थितियों का सच्चा स्वरूप समझ लेते, तो ज़िन्दगी एक भयंकर दुःस्वप्न हो जाती। लेकिन हम कुछ नहीं समझते थे, न ही सही परिस्थितियों को देखते थे। इसी बात में एक आदमी की मुक्ति और सज़ा होती है : किसी आदमी की ज़िन्दगी का तरीका चाहे कितना गलत हो, वह उसे अपने से छिपा सकता है, अपनी परिस्थिति की ट्रैजेडी की असली शक्ल पर पर्दा डाल सकता है। मेरी पत्नी का ध्यान घर के काम-काज में लगा रहता था, जो तनावपूर्ण और घबरा देनेवाला था। वह कमरों को ठीक करती थी, बच्चों को कपड़े पहनाती थी और खुद कपड़े पहनती थी, पढ़ती थी, और बच्चों की सेहत का ध्यान रखती थी। मेरे पास नशे के अपने साधन थे—काम-काज,

शिकार और ताश का नशा। हम दोनों सारा वक्त व्यस्त रहते थे। हम दोनों महसूस करते थे कि हम जितने ही व्यस्त रहेंगे, एक-दूसरे को परेशान करने का उतना ही अधिक अधिकार हमें होगा। मैं मन ही मन कहता था, 'तुम्हारे लिए इस तरह के मुंह बनाना बहुत आसान है, रात-भर तुम्हारे शोरगुल ने मुझे जगाए रखा और अब मुझे एक कॉन्फ्रेन्स में जाना है।' वह न सिर्फ अपने मन में बल्कि ऊंची आवाज़ में कहती थी, 'तुम्हारा क्या बिगड़ता है, लेकिन मुझे रात-भर बच्चे ने जगाए रखा।

"इसी तरह हमारी ज़िन्दगी चल रही थी, एक किस्म की धुन्ध में, जिसकी वजह से हम परिस्थिति को असली रूप नहीं देख सकते थे। बाद में जो हुआ, अगर वह न होता तो हो सकता था मैं बुढ़ापे तक ज़िन्दा रहता और मौत के दिन तक यह सोचता कि मैंने ज़िन्दगी अच्छी तरह गुज़ारी है—बहुत ज़्यादा अच्छी तो नहीं, लेकिन काफी अच्छी—जिस तरह की ज़िन्दगी हर आदमी बसर करता है। मुझे कभी झूठ और दुःख के उस गर्त का कभी एहसास न होता, जिसमें मैं भटक रहा था।

"हम उन दो जानी दुश्मनों की तरह थे, जिन्हें सज़ा देने के लिए एक ही ज़जीर से बांधकर छोड़ दिया गया हो, जो एक-दूसरे की ज़िन्दगी में ज़हर घोल रहे हों और इस बात को कबूल भी न करते हों। मुझे अभी तक यह मालूम नहीं था कि निन्यानबे प्रतिशत पति-पत्नी इसी ढंग से रहते हैं और ऐसी परिस्थितियों में यह अनिवार्य है। उस वक्त मुझे अपने और दूसरों के बारे में यह सचाई मालूम नहीं थी।

"जिन्दगी में कैसे विचित्र संयोग होता है, चाहे कोई ज़िन्दगी सही ढंग से बिता रहा हो या गलत ढंग से! जब मां-बाप की ज़िन्दगी असह्य हो जाती है, तो बच्चों की शिक्षा के लिए उनका शहर में आकर रहना ज़रूरी हो जाता है। हमें भी यही ज़रूरत महसूस हुई।"

वह खामोश हो गया और दो बार उसके मुंह से सिसकियों जैसी आवाज़ निकली। गाड़ी किसी स्टेशन के नज़दीक पहुंच रही थी।

"कितने बजे हैं?" उसने पूछा।

मैंने घड़ी देखी। दो बजे थे।

"आप थक तो नहीं गए?" उसने पूछा।

"नहीं, लेकिन आप थक गए होंगे।"

"मेरा दम घुट रहा है। मैं थोड़ी देर टहलूंगा और पानी पीऊंगा।"

और फिर टांगों पर ज़ोर डालकर वह कॉरिडोर में घूमने लगा। मैं अकेला बैठा मन ही मन उन बातों के बारे में सोच रहा था, जो उसने कही थीं। मैं विचारों में इतना तल्लीन था कि मैंने उसे डिब्बे के दूसरे छोर के दरवाज़े से भीतर घुसते भी नहीं देखा।

18

"मैं शान्तिपूर्वक बात नहीं कर सकता।" उसने कहना शुरू किया, " इन बातों को सोचने में मैंने बहुत-सा वक्त लगाया है। मैं बहुत-सी बातों को एक अलग नज़र से देखने लगा हूं और मैं दूसरों तक अपने विचार पहुंचाना चाहता हूं।

"तो हम शहर में रहने लगे। दुःखी लोगों के लिए शहर में रहना ज़्यादा आसान है। शहर में आदमी बिना इस एहसास के कि वह मरकर धूल में मिल चुका है, सौ साल तक रह सकता है। 'अपने को पहचानने' को वहां कोई समय नहीं मिलता। हर आदमी ज़रूरत से ज़्यादा व्यस्त है। काम-काज, सामाजिक जीवन की मांगें, सेहत, आर्ट, बच्चों की सेहत, बच्चों की शिक्षा, इसीमें सारा वक्त निकल जाता है। आज फलां को दावत पर बुलाइए, कल फलां के घर जाइए। यह चीज़ देखिए, यह चीज़ सुनिए। शहर में हमेशा एक, या शायद दो, यहां तक कि तीन मशहूर आदमी होते हैं, जिनकी अवहेलना नहीं की जा सकती। इसका, उसका या किसी और का इलाज होता है। और

फिर टीचर ट्यूटर और गवर्नेस की तरफ भी ध्यान देना होता है। कुल मिलाकर ज़िन्दगी ढोल की तरह खाली होती है।

"हम भी इसी तरह जी रहे थे और एक-दूसरे के साथ रहने की पीड़ा कुछ कम हो गई थी। शहर में आकर कुछ महीनों तक तो हम नये शहर के नये फ्लैट में बसने के आकर्षक काम में लगे रहे—हमने शहर से देहात और देहात से शहर के कई चक्कर लगाए।

" एक जाड़ा बीत गया और अगले जाड़े में एक ऐसी घटना घटी, जो ऊपर से बड़ी क्षुद्र और साधारण मालूम होती थी, लेकिन अन्त में जो हुआ उसकी सीधी ज़िम्मेदारी इसी घटना पर थी। मेरी पत्नी अस्वस्थ हो गई और उन बदमाशों ने कहा कि उसे और बच्चे नहीं पैदा करने चाहिए; और उसे मां बनने से बचने के तरीके भी सिखा दिए। मुझे इस बात से नफरत हुई। मैंने उसे रोकने की पूरी कोशिश की, लेकिन वह ओछे ढंग से अपनी ज़िद पर अड़ी रही, और मुझे उसकी बात माननी पड़ी। हमारी पाशविकता का आखिरी बहाना—बच्चे—अब हमारे रास्ते से हट गए और हमारी ज़िन्दगी पहले से भी ज़्यादा घृणित हो गई।

" किसानों और मज़दूरों को बच्चों की ज़रूरत महसूस होती है। बच्चों को खिलाना चाहे उनके लिए कितना ही मुश्किल क्यों न हो, वे उन्हें ज़रूरी समझते हैं ; इसलिए उनके दाम्पत्य जीवन के औचित्य का आधार है। लेकिन हम कुलीन लोग बिना ज़रूरत के ही बच्चे पैदा करते हैं। वे फिज़ूल की परेशानी पैदा करनेवाले जीव हैं, उनपर खर्च पड़ता है। विरासत का दावा करनेवाले वे अवांछनीय प्राणी हैं, एक बोझ हैं। इसलिए हमारी पाशविकता का कोई भी औचित्य नहीं। या हम बच्चों से पिंड छुड़ाने के लिए अप्राकृतिक साधनों का इस्तेमाल करते हैं, या हम उन्हें एक मुसीबत समझते हैं, असावधानी से पैदा हुई एक गलती समझते हैं। यह बात सबसे अधिक ग्लानिपूर्ण है। इसका कोई भी औचित्य नहीं। लेकिन हमारा इतना पतन हो चुका है कि हमें औचित्य देखने की ज़रूरत ही नहीं महसूस होती। अधिकांश पढ़े-लिखे लोग अपने को

दुराचार के हवाले कर देते हैं फिर भी उनकी अन्तरात्मा में टीमें नहीं उठतीं।

"और फिर अन्तरात्मा में टीसें उठें भी कैसे जबकि अन्तरात्मा ही नहीं रही। हां, अगर हम जनमत या ज़ाब्ता फौजदारी को एक प्रकार की अन्तरात्मा कह सकें तो बात अलग है। लेकिन इस मामले में दोनों में से किसीका मान भंग नहीं होता : जनमत आपत्ति नहीं कर सकता, क्योंकि 'हर आदमी' यह काम करता है, यहां तक कि मारिया पावलोना और ईवान ज़खारिच भी। क्या आप चाहते हैं कि हम ढेरों भिखारी पैदा कर दें या सोसायटी में उठने-बैठने के मौके से अपने को वंचित रखें? रही ज़ाब्ता फौजदारी की बात, सो सिर्फ दुश्चरित्र औरतें और सिपाहियों की प्रेमिकाएं ही अपने बच्चों को पोखरों और कुओं में फेंकती हैं। उन औरतों को ज़रूर कैद भुगतनी चाहिए, लेकिन 'हम लोग' हर काम ठीक वक्त पर कीटाणुनाशक तरीके से करते हैं।

"हमने दो बरस और इसी तरह गुज़ारे। उन बदमाशों के तरीके कारगर साबित हुए। मेरी पत्नी के शरीर में निखार, शक्ति और सुन्दरता आ गई, ग्रीष्म के अन्तिम भाग के फूलों की तरह। उसे इस बात का अहसास था, उसने अपने ऊपर ज़्यादा ध्यान देना शुरू किया। उसकी सुन्दरता में चुनौती देनेवाली और बेचैनी पैदा करनेवाली कोई चीज़ थी। वह तीस बरस की पूर्ण रूप से विकसित, बच्चा न पैदा करनेवाली, खायी-पीयी शोख नौजवान औरत थी। उसे देखते ही दिल में खलबली मच जाती थी। जब वह मर्दों के साथ उठती-बैठती थी तो सबकी नज़रें उसकी तरफ आकर्षित होती थीं। वह ऐसे सजे-सजाए घोड़े की तरह थी, जिसने खूब खाया हो, कसरत की हो और जिसकी अचानक लगाम ढीली छोड़ दी गई हो। हमारी निन्यानबे प्रतिशत औरतों की तरह उसपर भी कोई लगाम न थी। इस चीज़ के अहसास से मुझे डर लगता था।"

19

अचानक वह उठा और आकर खिड़की के पासवाली सीट पर बैठ गया।

"माफ कीजिए!" उसने दूर हटते हुए कहा। वह करीब तीन मिनट खिड़की से बाहर देखता रहा, फिर वह एक ठण्डी सांस लेकर मेरे पास आ बैठा। उसके चेहरे का भाव बदल गया था। उसकी आंखों में एक करुण भाव था और उसने जैसे मुस्कराने के लिए अपने होंठ सिकोड़ लिए थे।

"मैं कुछ थक गया हूं, लेकिन अपनी बात जारी रखूंगा। अभी काफी वक्त है—अभी दिन नहीं निकल रहा, तो हां," उसने एक सिगरेट सुलगाकर बात शुरू की, "जब उसने बच्चे पैदा करने बन्द कर दिए तो उसका शरीर गदरा गया और वह खूबसूरत हो गई, और उसकी बीमारी—बच्चों की वजह से लगातार होनेवाली परेशानी भी—कम हो गई। परेशानी एकदम खत्म हो गई हो, ऐसी बात नहीं थी, लेकिन वह उस व्यक्ति की तरह थी जो नशे की बेहोशी के बाद अचानक अपने आसपास की दुनिया की सारी खुशियों को देख रहा हो, ऐसी दुनिया जिसके बारे में वह भूल गई थी, जिसकी सही कीमत लगाने में और जिसे समझने में वह असमर्थ रही थी। 'कहीं यह दुनिया मेरे हाथों से न निकल जाए! समय बीत रहा है, जो कभी लौटकर नहीं आएगा!' मुझे लगता है कि वह यही सोचती थी या यूं कहें कि महसूस करती थी। वह किसी और ढंग से न तो सोच सकती थी, न महसूस कर सकती थी। उसे इस ढंग से पाला गया था कि वह सिर्फ एक ही चीज़ को जीने का उद्देश्य समझती थी—प्यार को। उसकी शादी हो गई थी, उसे इस प्यार में से कुछ मिला भी था; लेकिन उसे जितने वादे मिले थे और उम्मीदें दिलाई गई थीं, उन्हें देखते हुए यह प्यार काफी नहीं था, बल्कि इसकी वजह से उसे बहुत निराश और दुःख सहना पड़ा था, साथ ही यन्त्रणा का एक अप्रत्याशित रूप (बच्चे) भी उसके सामने आया था। इस यन्त्रणा ने उसे थका दिया था, और अब परेशान, डाक्टरों की मेहरबानी से उसने यह देखा कि वह बच्चे पैदा करने से बच सकती है। वह बहुत खुश

हुई, उसे यह नया संवेदन बहुत अच्छा लगा। प्यार के लिए जो—उसके जीवन का एकमात्र उद्देश्य था। उसका कायाकल्प हो गया। लेकिन वह एक दूषित, ईर्ष्यालु और विद्वेषी पति से प्यार नहीं करना चाहती थी। वह एक दूसरे किस्म के प्यार के सपने देखने लगी जो नया और पवित्र हो। कम से कम मुझे तो ऐसा ही लगा। और वह अपने आसपास देखने लगी, जैसे किसीका इन्तज़ार कर रही हो। मैंने यह देखा और मैं चौकन्ना हो उठा। बार-बार, जैसाकि उसकी आदत थी, उसने दूसरों के माध्यम से मुझसे बातें कीं—अर्थात् जब वह दूसरों से बातें करती थी। लेकिन मुझे सम्बोधित करके—उसने खुल्लमखुल्ला, शरारत के लहजे में (मालूम होता था कि वह यह बात भूल गई थी कि एक घंटा पहले उसने इससे बिलकुल उलटी राय ज़ाहिर की थी) कहा कि मां की बच्ची के प्रति ममता एक धोखा है, और अगर किसी औरत की जवानी कायम हो और वह जीवन का आनन्द उठा सकती हो, तो बच्चों की खातिर अपनी ज़िन्दगी कुर्बान करने का कोई फायदा नहीं। इसलिए वह बच्चों की तरफ कम ध्यान देने लगी और उसके ध्यान में पहले जैसी उन्मत्त तीव्रता नहीं थी। अब वह दिन-ब-दिन अपने ऊपर अपनी शक्ल को संवारने पर ज़्यादा वक्त लगाने लगी। हालांकि वह आनन्द देनेवाली क्रियाओं और अपनी शिक्षा में सुधार द्वारा इस सचाई को छिपाती थी। उसने फिर पियानो बजाना शुरू किया, जोकि वह पूरी तरह से छोड़ चुकी थी। और इस तरह से सारा काण्ड शुरू हुआ।"

उसकी थकी हुई आंखें फिर खिड़की से बाहर भटकने लगीं, लेकिन उसने वहां से नज़रें हटा लीं। बात जारी रखने के लिए वह अपने-आपको मजबूर कर रहा था।

"और फिर वह आदमी आ गया।" उसने रुककर दो या तीन बार वही पुराना विचित्र स्वर मुंह से निकाला। मैं देख रहा था कि उसके लिए उस आदमी का नाम लेना, उसे याद करना, उसके बारे में बात करना तकलीफदेह था। लेकिन उसने अपने को मजबूर किया। उसकी आवाज़ में निश्चय था। लगता था कि वह अपने रास्ते में खड़ी दीवारों को तोड़ रहा है।

"मैंने सोचा कि वह नीच आदमी है। मेरी ज़िन्दगी में उसने जो भूमिका अदा की, इस वजह से नहीं, बल्कि वह सचमुच ही नीच था। उसकी नीचता इस बात का सबूत है कि मेरी पत्नी कितनी गैर-ज़िम्मेदार थी। अगर वह आदमी उसकी ज़िन्दगी में न आता, तो कोई दूसरा आता—यह तो होना ही था।" वह फिर रुक गया, "वह एक संगीतज्ञ था, वायलिन बजानेवाला, पेशेवर नहीं—आधा संगीतकार, आधा फैशनेबल सोसायटी का आदमी। उसका बाप ज़मींदार था, मेरे बाप का पड़ोसी। उसके बाप ने सारा पैसा और अपने बच्चे गंवा दिए—तीन लड़के थे—वे काम करने लगे, सिवा सबसे छोटे लड़के के, जिसे पेरिस में अपनी धर्ममाता के पास भेज दिया गया। वहां वह संगीत-विद्यालय में भर्ती हुआ, क्योंकि उसमें संगीत की प्रतिभा थी। वह विद्यालय से वॉयलिन-वादक बनकर निकला और कंसर्टों में वॉयलिन बजाने लगा। एक आदमी की हैसियत से वह..." ज़ाहिर था कि वह उस आदमी के बारे में कोई कटु, पाशविक बात कहना चाहता था, लेकिन उसने अपने ऊपर संयम रखकर जल्दी से कहा, "वहां उसने कैसी ज़िन्दगी गुज़ारी, यह मैं नहीं कह सकता ; मैं सिर्फ इतना ही जानता हूं कि उस साल वह रूस में प्रकट हुआ और मेरे घर आया।

"बादाम की तरह की नम आंखें, मुस्कराते हुए लाल होंठ, मोम लगी मूंछें, आधुनिक ढंग के बाल, बेहूदा ढंग से खूबसूरत, जिसे औरतें 'बुरा नहीं कहती हैं, कमज़ोर शरीर, लेकिन बदसूरत नहीं, बढ़े हुए नितम्ब, जैसे औरतों के या हॉटेण्टॉट[1] लोगों के होते है। मैंने सुना है कि हॉटेण्टॉट भी संगीत के शौकीन होते हैं। मौका मिलने पर वह घनिष्ठ बन जाता था, लेकिन संवेदनशील होने के कारण ज़रा-सी रुकावट होने पर पीछे हट जाता था। वह बड़े रोब और शालीनता से पेश आता था। पेरिस के एक खास रंग के बटनोंवाले बूट पहनता था, शोख रंग की नेकटाइयां और ऐसी ही कई चीज़ें पहनता था जो विदेशी पेरिस से ले आते हैं, और जो अपनी नवीनता और मौलिकता से औरतों को

1. एक अफ्रीकन जाति

आकर्षित करती हैं। वह हमेशा एक बनावटी आडम्बरपूर्ण शोखी का उपक्रम करता था, संकेतों और अधूरे अंशों में बात करता था, जैसे सुननेवाला जानता हो कि वह क्या कहना चाहता है और उसके वाक्यों को खुद पूरा कर सकता हो।

"वह और उसका संगीत इस मामले की जड़ था। मुकदमे में ऐसा ज़ाहिर किया गया, जैसे ईर्ष्या की वजह से ही यह सब हुआ। बिलकुल नहीं—मेरा यह मतलब नहीं कि इस तरह की कोई बात ही नहीं हुई—फिर भी वजह यह नहीं थी। मुकदमे में यह तय हुआ कि मैं एक अपमानित पति था जिसने अपनी इज़्ज़त बचाने के लिए अपनी पत्नी की हत्या की (वे इस नाम से इस कारण को पुकारते हैं), इसलिए मुझे बरी कर दिया गया। मुकदमे में मैंने इस मामले की सच्ची तस्वीर पेश करने की कोशिश की, लेकिन जजों ने सोचा कि मैं अपनी पत्नी की इज़्ज़त बचाने की कोशिश कर रहा हूं।

"उस संगीतकार के साथ मेरी पत्नी के चाहे कैसे भी रिश्ते रहे। हों, इस बात से मुझे या मेरी पत्नी को कोई भी फर्क नहीं पड़ता था। फर्क सिर्फ एक ही बात से पड़ता था, जो मैं आपको पहले बता चुका हूं—मेरी पाशविकता से। यह सब इसलिए हुआ, क्योंकि हमारे बीच वह भयंकर खाई थी, आपसी नफरत का बोझ इतना ज़्यादा था कि ज़रा-सी बात से ही आपस में ठन जाती थी। हमारे झगड़ों ने भयंकर रूप धारण कर लिया। तीव्र पाशविक कामोन्माद के दौर के बाद झगड़ों का दौर हमेशा आता था, इसलिए वे और भी ज़्यादा भयंकर थे।

"अगर वह आदमी हमारी ज़िन्दगी में न आता तो कोई दूसरा आता। इस सारे मामले के पीछे अगर ईर्ष्या की प्रेरणाशक्ति न होती तो किसी और चीज़ की होती। मैं कहता हूं कि ऐसे सब मर्द जो मेरी तरह की ज़िन्दगी बसर करते हैं, ज़रूर या तो पूरी तरह से भ्रष्ट हो जाएंगे, या अपनी पत्नियों को छोड़ देंगे, अपने को या अपनी पत्नियों को मार डालेंगे, जैसा मैंने किया। अगर कोई बच निकले तो वह एक दुर्लभ अपवाद होगा। मामले को इस तरह खत्म करने से

पहले मैं कई बार आत्महत्या करते-करते बच गया था, और मेरी पत्नी ने भी ज़हर खाने की कोशिश की थी।

20

"हां, खात्मे से पहले हमारे सम्बन्धों की यही हालत थी। हम युद्धविराम की स्थिति में रह रहे थे। इस स्थिति को हमें बनाए रखना चाहिए था; लेकिन एक दिन मैंने कहा कि एक कुत्ते ने किसी प्रदर्शन में तमगा जीता है।

" 'तमगा नहीं, प्रशंसापत्र!' उसने कहा। बस हमारी बहस छिड़ गई। एक के बाद दूसरे विषय पर। हम एक-दूसरे को धिक्कारने लगे।

" 'ओह, सब इस बात को जानते हैं ; हमेशा ऐसा होता है। तुमने कहा था...'

" 'मैंने ऐसी कोई बात नहीं कही थी।'

"मुझे लगा कि फिर वे भयंकर झगड़े शुरू होनेवाले हैं, जिनकी वजह से मेरे मन में उसे या अपने-आपको मार डालने की इच्छा उठती थी, मुझे यकीन हो गया कि झगड़ा शुरू होनेवाला है। मैं झगड़े से उतना ही डरता था, जितना आग से। मैं अपने गुस्से पर काबू पाना चाहता था, लेकिन मेरे रोम-रोम में गुस्सा भड़क उठा था। उसकी भी यही या इससे भी बुरी हालत थी। वह जान-बूझकर मेरी बातों को तोड़-मरोड़ देती थी, और मेरे शब्दों का गलत मतलब लगाती थी। उसका हर शब्द ज़हर में भीगा था। उसने मेरी कमज़ोरियां ढूंढ़ निकाली थीं और ज़रूर वहां प्रहार करनेवाली थी। बात बढ़ गई। मैं चिल्लाया, 'बकवास बन्द करो!' या इसी तरह की कोई बात मैंने कही। वह उछलकर खड़ी हो गई और बच्चों के कमरे की तरफ भागने लगी। मैंने उसे रोकने की कोशिश की ताकि मैं अपनी बात खत्म कर सकूं। मैंने उसकी बांह पकड़ ली। उसने ऐसा ज़ाहिर किया,

जैसे उसे चोट लगी हो, और वह चिल्ला उठी, 'बच्चो! तुम्हारे बाप मुझे मार रहे हैं!'

" 'झूठ मत बोलो!' मैं चिल्लाया।

" 'यह पहली बार तो नहीं!' वह जवाब मैं चिल्लायी।

"बच्चे भागे-भागे आए। उसने बच्चों को शान्त करने की कोशिश की।

" 'मकर मत करो।' मैंने कहा।

" 'तुम्हारे लिए हर बात मकर है। तुम किसीकी हत्या करने के बाद भी उसपर मकर का इल्ज़ाम लगा सकते हो। अब मैं सब समझ गई—यही तो तुम चाहते हो!'

" 'मैं तुम्हारी मौत देखूंगा!' मैं चीखा। अभी भी मुझे याद है, अपने इन शब्दों से मुझे कितना खौफ हुआ था! मुझे नहीं पता था कि मैं ऐसे कठोर और भयंकर शब्द कह सकता हूं। मुझे यकीन नहीं आ रहा था कि वे शब्द मेरे मुंह से निकले थे। चीखने के बाद मैं भागकर अपनी स्टडी में आया और सिगरेट पीने लगा। मुझे उसके हॉल में जाकर तैयार होने की आवाज़ें सुनाई दीं। मैंने उससे पूछा, वह कहां जा रही है। उसने कोई जवाब न दिया। 'जहन्नुम में जाए!' मैंने मन ही मन कहा, और अपनी स्टडी में लौट आया, जहां लेटकर मैं फिर सिगरेट पीने लगा।

"उससे बदला लेने के, उससे छुटकारा पाने के, और सुलह करके इस तरह ज़िन्दगी बसर करने के कि जैसे कुछ हुआ ही न हो—हज़ारों खाके मेरे मन में उठ रहे थे। मैं वहां लेटकर सोच रहा था और सिगरेट पीता जा रहा था, पीता जा रहा था। मैंने सोचा कि उसे छोड़कर भाग जाऊं, कहीं छिप जाऊं, अमेरिका चला जाऊं। यहां तक कि मैं उसके बगैर भी रहने की कल्पना करने लगा—कितना अच्छा होगा! मैं किसी और शानदार औरत की ज़िन्दगी के साथ अपनी ज़िन्दगी बांध दूंगा जो मेरी पत्नी से बिलकुल अलग किस्म की औरत होगी। उसकी मौत से या स्वयं तलाक देकर मैं छुटकारा पा लूंगा। इस स्कीम को अमल में लाने के तरीके मैं मन ही मन सोच रहा था। मुझे यह

एहसास था कि जो बातें सोच रहा हूं वे मुझे नहीं सोचती चाहिए। इस एहसास से बचने के लिए मैं सिगरेट पी रहा था।

"घर की ज़िन्दगी बदस्तूर चलती रही। गवर्नेस ने आकर पूछा कि मालकिन कहां हैं और कब लौटेंगी। बेयरे ने चाय के बारे में पूछा। मैं खाने के कमरे में गया। बच्चे प्रश्न-भरी सर्द निगाहों से मेरी तरफ देखने लगे, खास तौर पर लिज़ा, जो अब बड़ी हो गई थी और सब बातों को समझती थी। सबने खामोशी से चाय खत्म की। मेरी पत्नी वापस नहीं आई। शाम बीत गई, फिर भी वह वापस नहीं आई। मेरे भीतर दो भावनाओं का संघर्ष हो रहा था। एक तरफ मुझे उसपर गुस्सा आ रहा था कि उसने घर से बाहर रहकर मुझे और बच्चों को सताया था, जबकि उसे मालूम था कि वह फिर लौट आएगी। दूसरी तरफ मुझे डर लग रहा था कि वह वापस नहीं आएगी, बल्कि शायद अपने को कुछ कर न ले। मैं उसे ढूंढ़ने जाता, लेकिन कहां? उसकी बहिन के घर? लेकिन वहां जाकर अगर मैंने उसके बारे में पूछताछ की तो मैं बेवकूफ साबित होऊंगा, और यही तो वह चाहती है। जहन्नुम में जाए! अगर वह किसीको सताने पर तुली हुई है तो वह क्यों न अपने को सताए, वरना अगला झगड़ा और भी ज़्यादा बदतर होगा। लेकिन अगर वह अपनी बहिन के घर न हुई और कहीं उसने अपने साथ कुछ करने का इरादा कर लिया हो, या कुछ कर चुकी हो, तब क्या होगा?

"ग्यारह बज गए, बारह...मैं सोने के कमरे में नहीं गया—वहां अकेले लेटकर इन्तज़ार करना बेमानी था। मैं स्टडी में भी नहीं लेट सका। मैं अपने को खत लिखने में या पढ़ने में व्यस्त रखना चाहता था, लेकिन कुछ नहीं कर पा रहा था। मैं स्टडी में अकेला—क्रुद्ध, मन में उठनेवाले विचारों से पीड़ित, बाहर से आनेवाली हर धीमी आवाज़ पर कान लगाए बैठा था।

" तीन बज गए, चार बज गए—वह नहीं आई। सुबह के करीब मेरी आंख लग गई। फिर मैं जाग उठा। वह नहीं आई थी।

"घर की ज़िन्दगी पूर्ववत् चलती रही, लेकिन सबके सब परेशान थे और

भर्त्सना-भरी, प्रश्नसूचक दृष्टि से इस तरह मेरी तरफ देख रहे थे जैसे सारा कसूर मेरा हो ; और मेरे भीतर वही संघर्ष चल रहा था—गुस्सा, क्योंकि उसने मुझे परेशान किया था, और चिन्ता।

"अगले दिन करीब ग्यारह बजे उसकी बहिन उसकी संदेशवाहक बनकर आई। उसने उसी ढंग से बात शुरू की जैसे ऐसे मौके पर की जाती है। 'उसकी हालत बहुत खराब है। तुम दोनों में क्या हुआ?'

" 'कुछ भी तो नहीं हुआ।' और मैंने यह भी कहा कि मेरी पत्नी बड़ी बदमिज़ाज है, मैंने तो कुछ भी नहीं किया।

" 'लेकिन इस तरह ज़िन्दगी नहीं चल सकती।' उसकी बहिन ने कहा।

" 'यह तो उसपर निर्भर करता है, मुझपर नहीं।' मैंने कहा, "मैं पहला कदम उठाने के लिए तैयार नहीं। अगर हमें अलग होना ही है, तो अलग हो जाना चाहिए।'

" मेरी पत्नी की बहिन बिना संतुष्ट हुए चली गई। मैंने बड़ी हिम्मत से यह तो कह दिया कि मैं पहला कदम नहीं उठाऊंगा, लेकिन उसके जाने के बाद जब मैं बाहर आया और मैंने बच्चों को भयभीत और करुण दशा में देखा, तो मैं अपने फैसले पर फिर से गौर करने के लिए तैयार हो गया। मुझे पहल करने में खुशी होती, लेकिन मैं यह कदम कैसे उठाऊं मुझे यह नहीं मालूम था। मैं फिर फर्श पर चहलकदमी करने लगा और सिगरेट पीने लगा। नाश्ते के वक्त मैंने वोद्का और वाइन पी। धीरे-धीरे मैं उस हालत में पहुंच गया, जिसकी अचेतन मन से मैं कामना करता रहा था। मैंने जो कदम उठाया था उसकी नीचता और बेवकूफी मेरी आंखों से ओझल हो गई थी।

"तीन बजे के करीब वह घर लौटी। मुझे देखकर उसने कुछ भी न कहा। यह समझकर कि उसे अपनी करनी पर अफसोस हुआ है, मैंने उसे यह सफाई देनी शुरू की कि उसकी गालियों की वजह से मेरे मुंह से अपशब्द निकल गए थे। उसके चेहरे का भाव पूर्ववत् कठोर और रूखा बना रहा। उसने कहा कि सफाई देने या सुनने के लिए नहीं बल्कि बच्चों को लेने के लिए आई है, और

हम अब एकसाथ नहीं रह सकते। मैंने कहना चाहा कि कसूर मेरा नहीं था, उसने मुझे गुस्से से पागल बना दिया था। क्षण-भर के लिए उसने मुझे कठोर, दुर्भावना-भरी नज़रों से घूरा और कहा :

" 'इससे ज़्यादा कुछ मत कहना, वरना बाद में पछताओगे।'

" मैंने कहा कि मैं इस प्रहसन को बर्दाश्त नहीं कर सकता। इसपर वह अस्फुट शब्दों में कुछ बोली और अपने कमरे की तरफ भाग गई। मैंने दरवाजे के छेद में चाबी घूमने की आवाज़ सुनी—उसने भीतर से कमरा बंद कर लिया था। मैंने दरवाजा खटखटाया, कोई जवाब न आया। मैं गुस्से से पैर पटकता हुआ वहां से चला गया। आधे घण्टे बाद लिज़ा रोती हुई मेरे पास आई।

" 'क्या बात है? कुछ हो गया है?'

" 'ममी के कमरे से कोई आवाज़ नहीं आ रही।'

" हम कमरे के पास गए। मैंने पूरी ताकत से दरवाज़े को खींचा। ताला ज़ोर के आगे टिक न सका, दरवाज़े के तीनों पलड़े खुल गए। मैं पलंग के नज़दीक पहुंचा। वह बड़ी विचित्र हालत में स्कर्ट और बूट पहने बेहोश पड़ी थी। पलंग के पास ही मेज़ पर अफीम की खाली बोतल पड़ी थी। हम उसे होश में लाए। फिर आंसू बहाने के बाद आखिरकार हमारी सुलह हो गई। पुरानी दुश्मनी दोनों के दिलों में बनी रही। उसके साथ ही इस झगड़े से हम दोनों को जो यंत्रणा पहुंची थी उसकी नाराज़गी इस दुश्मनी में और जुड़ गई, जिसके लिए दोनों ने एक-दूसरे को कसूरवार ठहराया। लेकिन हम हमेशा के लिए इस नाराज़गी को मन में नहीं पाल सकते थे, इसलिए ज़िन्दगी फिर पुराने ढर्रे पर चलने लगी। सारा वक्त ऐसे और इससे भी बदतर झगड़े होते रहते थे—महीने में एक बार, हफ्ते में एक बार और रोज़ाना वही पुरानी बात बार-बार होती थी। एक बार मैंने विदेश जाने के लिए पासपोर्ट बनवाने की अर्ज़ी दी (लगातार दो दिन तक हमारा झगड़ा चलता रहा था), लेकिन फिर आधी सफाई, आधी सुलह हो गई, और मैं नहीं गया।

21

"यह हालत थी जब वह आदमी प्रकट हुआ। मास्को में आते ही (उसका नाम त्रुखाचेव्स्की था) वह मुझसे मिलने आया। वह सुबह के वक्त आया। मैं उससे अच्छी तरह मिला। किसी ज़माने में हम दोनों में घनिष्ठता थी, और हमारी बातचीत के दौरान वह हमारे पुराने घनिष्ठ संबंधों को फिर से कायम करने की कोशिश कर रहा था। लेकिन मैंने शुरू में ही स्पष्ट कर दिया कि मैं पुरानी घनिष्ठता नहीं चाहता। फिर उसने अपने को मेरे रुख के मुताबिक बना लिया। उसे देखते ही मैं उसे नापसन्द करने लगा था। लेकिन हैरानी की बात है कि किसी विचित्र सांघातिक शक्ति की प्रेरणा के कारण मैं उसे अपने से परे धकेलने और दूर रखने की बजाय उसे प्रोत्साहन देने लगा। अगर मैं उससे अच्छी तरह न मिलता और अपनी पत्नी से परिचय करवाए बगैर ही उसे वापस भेज देता, तो यह मेरे लिए कितना आसान था! लेकिन नहीं, मुझे उसके संगीत का जिक्र करना पड़ा कि मैंने किसीसे सुना है कि उसने वॉयलिन बजाना बंद कर दिया है। उसने इन्कार किया और कहा कि वह अब पहले से भी ज़्यादा वॉयलिन बजाता है। उसने याद दिलाई कि मैं भी किसी ज़माने में साज़ बजाता था। मैंने कहा, 'मैंने तो बजाना छोड़ दिया है, लेकिन मेरी पत्नी बहुत अच्छा बजाती है।'

"और एक हैरानी की बात है। पहले दिन से ही, पहले घंटे से ही उसके साथ मेरे ऐसे सम्बन्ध हो गए थे कि अगर मुझे पहले से। मुलाकात का नतीजा मालूम होता, तो भी वही होते। हम दोनों के बीच एक तनाव-सा था। हम दोनों ने जो शब्द और वाक्य इस्तेमाल किए, उन्हें मैंने नोट किया और उन्हें विशेष महत्त्व दिया।

"मैंने उसका परिचय अपनी पत्नी से कराया। फौरन बातचीत संगीत के बारे में होने लगी और उसने मेरी पत्नी के साथ मिलकर वॉयलिन बजाने की इच्छा प्रकट की। मेरी पत्नी ने बड़ी सुन्दर और आकर्षक पोशाक पहन रखी थी (कुछ दिनों से वह हमेशा इसी तरह के कपड़े पहने रहती थी) और उसकी

खूबसूरती मन में व्याकुलता पैदा कर देनेवाली थी। ऐसा लगा कि मेरी पत्नी उसे देखते ही पसंद करने लगी थी। उसे इस बात पर भी खुशी हुई कि अब वह वॉयलिन के साथ प्यानो के ड्यूएट बजा सकेगी, उसे इसमें विशेष आनन्द मिलता था और वह अक्सर वॉयलिन बजाने के लिए थियेटर से फीस देकर एक आदमी बुलवाती थी। उसके चेहरे से उसकी खुशी ज़ाहिर हो रही थी। मेरे चेहरे की एक झलक से उसे पता चल गया कि इस मामले में मेरी क्या राय है, उसने फौरन अपने चेहरे का भाव बदल लिया और फिर एक-दूसरे को धोखा देने का खेल शुरू हुआ। मैं कृपालु ढंग से मुस्कराकर खुशी का अभिनय कर रहा था। वह मेरी पत्नी की तरफ ऐसे ढंग से देख रहा था जिस ढंग से सब दुराचारी औरतों की तरफ देखते हैं। लेकिन वह सिर्फ बातचीत में दिलचस्पी लेने का अभिनय कर रहा था, हालांकि उसे इस विषय में बिलकुल दिलचस्पी नहीं थी। मेरी पत्नी ने उदासीनता का अभिनय किया, लेकिन वह अपने ईर्ष्यालु पति की झूठी मुस्कराहट (जिस मुस्कराहट से वह अच्छी तरह परिचित थी) और हमारे मेहमान की कामुक दृष्टि को देखकर परेशान हुए बगैर न रह सकी। जब उसने पहली बार मेहमान को देखा तो उसकी आंखों में एक खास चमक थी, शायद मेरी ईर्ष्या की वजह से दोनों के बीच बिजली का एक करेण्ट बहने लगा था, जो उनकी मुस्कराहटों, नज़रों और चेहरे के भावों को एक की बजाय दो बना देता था। मेरी पत्नी का चेहरा लाल हो गया—मेहमान का चेहरा लाल हो गया। वह मुस्कराया—वह मुस्कराई। वह जाने के लिए उठा और वह अपनी कांपती हुई पिंडली से अपना हैट छुपाकर खड़ा हो गया, मुस्कराने लगा और बारी-बारी से हम दोनों के चेहरों की तरफ देखने लगा, जैसे वह यह देखने का इन्तज़ार कर रहा हो कि हम क्या करेंगे। वह क्षण अब मेरी स्मृति में खास तौर पर अंकित है। क्योंकि मैं उस वक्त उसे फिर अपने घर में निमन्त्रण देने से अपने को रोक सकता था, और फिर जो हुआ वह न होता। लेकिन मैंने उसकी तरफ देखा और मन ही मन पत्नी से कहा, 'यह न सोचना कि मुझे ईर्ष्या हो रही है, और उस आदमी से मन ही मन कहा, 'यह

मत सोचना कि मैं डरता हूं।' फिर मैंने उसे निमंत्रण दिया कि वह किसी शाम को वॉयलिन लेकर आए और मेरी पत्नी के साथ ड्यूएट बजाए। पत्नी ने मेरी तरफ चकित-भाव से देखा। उसका मुंह शर्म से लाल हो गया, और फिर जैसे किसी डर से उसने प्रतिवाद किया कि वह संगीत में इतनी निपुण नहीं कि उस आदमी के साथ मिलकर प्यानो बजा सके। उसके इन्कार से मैं और ज़्यादा चिढ़ गया और मैंने इसरार किया कि वह ज़रूर आए। मुझे याद है कि जब वह अपने शरीर को झटके देकर पक्षी की तरह फुदकता हुआ कमरे से बाहर निकला तो उसके काले बालों में से नज़र आती हुई सफेद गर्दन की लकीर को देखते वक्त मेरे मन में कितनी अजब बातें उठ रही थीं! मैं अपने सामने यह कबूल किए बगैर न रह सका कि उसकी मौजूदगी में रहना मेरे लिए एक यंत्रणा थी। मैंने सोचा, 'मैं उसे फिर मिलूं या न मिलूं, यह तो मुझीपर निर्भर करता है। लेकिन उससे न मिलने का मतलब था, उससे डरना। नहीं, मुझे उससे कोई डर नहीं था। मैंने सोचा यह तो बहुत ज़्यादा अपमानजनक बात होगी। और हॉल में, यह जानते हुए कि मेरी पत्नी मेरी बात सुन सकती है, मैंने इसरार किया कि वह अपनी वॉयलिन लेकर उसी शाम को आए। उसने आने का वायदा किया और चला गया।

"उसी शाम को वह वॉयलिन लेकर आया और दोनों ने ड्यूएट बजाया। लेकिन उसका कोई खास नतीजा न निकला। उनके पास सही-सही संगीत-लिपि थी (जो रचना उनके पास थी, मेरी पत्नी उसे अभ्यास के बगैर नहीं बजा सकती थी)। मुझे संगीत का बहुत शौक था और मैं अपनी योग्यता के अनुसार भरसक उनकी मदद करता रहा—संगीत-लिपि के लिए मैंने एक स्टैंड लगा दिया और पन्ने पलटने लगा। उन्होंने कुछ रचनाएं बजाईं, बिना शब्दों के कुछ गीत और मोज़ार्ट का एक सोनेटा। वह बहुत अच्छा बजाता था और उनके साज़ में से बड़ी सुन्दर ध्वनि निकलती थी। साथ ही उसकी रुचि भी परिष्कृत थी, जो उसके चरित्र से बिलकुल मेल नहीं खाती थी।

"जैसाकि स्वाभाविक था, उसका वादन मेरी पत्नी के वादन से कहीं श्रेष्ठ

था। उसने मेरी पत्नी की मदद की, साथ ही आदरपूर्ण ढंग से उसकी तारीफ भी की। उसका व्यवहार सचमुच तारीफ के काबिल था। मेरी पत्नी सिर्फ संगीत में दिलचस्पी दिखा रही थी और उसका व्यवहार बहुत सरल और स्वाभाविक था। मैंने भी सिर्फ संगीत में दिलचस्पी रखने का अभिनय किया, लेकिन सारी शाम मैं ईर्ष्या से जलता रहा।

"ज्योंही उनकी आंखें आपस में टकराईं, मैंने देखा कि उन दोनों के भीतर छिपे पशु ने उनकी सामाजिक स्थिति के नियमों को ताक पर रखकर यह सवाल उठाया, 'क्या मुझे इजाज़त है?' जवाब मिला 'हां, है।' मैंने देखा कि उस आदमी को यह उम्मीद नहीं थी। कि मेरी पत्नी, जो मास्को की रहनेवाली थी, इतनी आकर्षक होगी। वह उसे बहुत अच्छी लगी थी। मेरी पत्नी उसे कबूल कर लेगी, इस बात के लिए उसके मन में कोई भी शक नहीं उठा। अब सारी समस्या यह थी कि असह्य पति को कैसे रास्ते से हटाया जाए। अगर मैं खुद सदाचारी होता तो इस बात को न समझ सकता, लेकिन मैं खुद, अधिकांश मर्दों की तरह, शादी से पहले औरतों को इसी निगाह से देखता था, इसलिए उस आदमी के मन को खुली किताब की तरह पढ़ सकता था। मुझे इस बात में रत्ती-भर शक नहीं था कि वासना के कुछ क्षणों को छोड़कर मेरी पत्नी के दिल में मेरे प्रति सिर्फ क्षोभ था और मेरी यन्त्रणा इस बात से और भी बढ़ गई थी कि यह आदमी अपनी नवीनता और शानदार व्यक्तित्व द्वारा, खास तौर पर संगीत की विशिष्ट प्रतिभा द्वारा, एकसाथ साज़ बजाने से पैदा हुए सामीप्य द्वारा, संवेदनशील मन पर संगीत के प्रभाव द्वारा (वॉयलिन के संगीत में यह प्रभाव खास तौर पर रहता है) मेरी पत्नी को न सिर्फ अपने जैसा बना देगा, बल्कि क्षणभर सोचे बगैर वह उसे जीत लेगा, उसकी आंखों को चकाचौंध कर देगा, उसे अपनी उंगली पर नचाएगा और जो जी में आएगा, करेगा। मैं यह देखे बगैर नहीं रह सकता था और इस बात से मुझे बेहद तकलीफ हुई और इसके बावजूद या शायद इसी वजह से, किसी ऐसी प्रेरणाशक्ति ने, जो मेरी इच्छा के विरुद्ध काम कर रही थी, मुझे उसका खास

लिहाज़ करने, यहां तक कि उससे नर्मी से पेश आने के लिए मजबूर किया। मैंने अपनी पत्नी की खातिर, उसे दिखाने के लिए कि मैं उस आदमी से नहीं डरता, या अपनी खातिर, अपने को धोखा देने के लिए यह काम किया—यह मैं नहीं कह सकता। लेकिन शुरू से ही उस आदमी के साथ सीधे और सरल ढंग से पेश आना मुझे नामुमकिन मालूम हुआ। उसे फौरन मार डालने की ख्वाहिश को मैंने उससे नर्मी दिखाकर रोका। खाने के वक्त मैंने उसे कीमती शराब पिलाई, उसके संगीत की मैंने बहुत तारीफ की, उससे बात करते वक्त मैं हलीमी से मुस्कराया और मैंने उसे आनेवाले इतवार को फिर आकर हमारे यहां खाना खाने और मेरी पत्नी के साथ मिलकर साज़ बजाने की दावत दी। मैंने कहा कि मैं उसका संगीत सुनने के लिए अपने कुछ संगीतप्रेमी दोस्तों को भी बुलाऊंगा।

"इस बात पर शाम खत्म हो गई।"

बेहद उत्तजना की हालत में पोज्दनिशेव अपनी जगह से हिला-डुला और फिर उसके मुंह से वही अजब आवाज़ निकली।

उसने फिर अपने को संयत रखने की कोशिश करते हुए कहा, "उस आदमी ने मुझपर बड़ा अजब असर डाला। तीन या चार दिन बाद जब मैं एक नुमायश देखकर घर लौटा, तो अचानक मेरा दिल पत्थर की तरह भारी हो गया और मैं खुद इसका कारण न बता सका। कारण यह था कि ड्योढ़ी से गुज़रते वक्त मैंने एक ऐसी चीज़ देखी, जिससे मुझे उस आदमी की याद आ गई थी। अपनी स्टडी में आकर मुझे उस चीज़ का एहसास हुआ, मैं ठीक से पता करने के लिए फिर ड्योढ़ी में गया। नहीं, मुझे गलतफहमी नहीं हुई थी। वहां उसका फैशनेबल कोट लटका था (अनचेते में ही मैंने उसकी हर चीज़ को खास ध्यान से देखा)। मैंने पूछताछ की। हां, वह घर में था। मैं रिसेप्शन-रूम में गया, बैठक में से होकर नहीं, बल्कि बच्चों के पढ़ने के कमरे में से होकर। मेरी बेटी लिज़ा पढ़ रही थी और धाय नन्ने बच्चे को गोद में लिए मेज़ के आगे बैठी थी और कोई ढक्कन-सा घुमा रही थी। रिसेप्शन-रूम का

दरवाज़ा बन्द था, मुझे साज़ की ऊंची उठती हुई आवाज़, उसकी और अपनी पत्नी की आवाज़ सुनाई दी। मैंने ध्यान लगाकर सुना, लेकिन उनकी बातें ठीक से सुनाई नहीं दीं। साफ ज़ाहिर था कि आवाज़ों को, शायद चुम्बनों की आवाज़ों को डुबोने के लिए पियानो बजाया जा रहा था। या खुदा! उस वक्त मुझे क्या हो गया था! उस वक्त मेरे अन्दर जो वहशत पैदा हुई थी, उसकी याद से ही मैं कांप उठता हूं। मेरा दिल सिकुड़ गया, धड़कन बन्द हो गई और फिर वह हथौड़े की तरह चलने लगा। उस वक्त मेरे भीतर सबसे बड़ी भावना अपने ऊपर दया करने की थी (जब आदमी पर वहशत सवार होती। है, तो हमेशा ऐसा ही होता है)। मैंने सोचा, 'बच्चों के सामने! धाय के सामने ऐसी हरकत!' ज़रूर मेरी शकल खौफनाक रही होगी, क्योंकि लिज़ा अजब ढंग से मेरी तरफ देख रही थी। मैंने अपने-आपसे पूछा, 'मैं क्या करूं? भीतर जाऊं? मुझमें इतनी हिम्मत नहीं है। हे भगवान, मैं क्या करू?' लेकिन मैं वहां से दूर भी नहीं जा सका। धाय मेरी तरफ इस ढंग से देख रही थी जैसे वह मेरी भावनाओं को समझती हो। 'मुझे भीतर जाना चाहिए।' मैंने अपने-आपसे कहा और जल्दी से दरवाज़ा खोल दिया। वह पियानो के आगे बैठा ऊंचा स्वर निकाल रहा था, उसके सफेद अंगूठे ऊपर उठे हुए थे। मेरी पत्नी पियानो की मेहराब के पास खड़ी 'नोट्स' में कुछ देख रही थी। पहले उसने मुझे भीतर आते देखा और मेरे कदमों की आहट सुनी। उसने नज़रें ऊपर उठाईं। शायद उसे डर लगा था, लेकिन उसने निडरता का अभिनय किया। या हो सकता है कि उसे डर लगा ही न हो। खैर, जो भी हो, न वह चौंकी, न हिली-डुली; सिर्फ उसका चेहरा लाल हो गया, वह भी फौरन नहीं।

" 'कितना अच्छा हुआ जो तुम आ गए; हम तय नहीं कर पा रहे कि इतवार को कौन-सी संगीत-रचना बजाएं।' एकान्त में कभी वह इस ढंग से मुझसे बात न करती थी। अपने और उस आदमी के लिए 'हम' शब्द के इस्तेमाल पर मुझ गुस्सा आया। मैंने बिना कुछ कहे उसका अभिवादन किया। उसने मुझसे हाथ मिलाया और मुस्कराहट के साथ, जो मुझे निरा मज़ाक

मालूम हुई, सफाई दी कि वह इतवार के लिए एक संगीत-रचना लाया है और वे अभी तक तय नहीं कर पाए कि कौन-सी चीज़ बजाई जाए—कोई कठिन क्लासिकल चीज़ (वॉयलिन और पियानो के लिए बीटोवन का सोनेटा) या छोटे-छोटे अंश। उसने यह बात इतने सरल और स्वाभाविक ढंग से कही कि मुझे इसमें एतराज़ करने का कोई कारण नहीं दिखाई दिया, लेकिन फिर भी मुझे निश्चय हो गया था कि उसकी बातें झूठी थीं और उन्होंने मुझे धोखा देने का गुप्त समझौता कर लिया था। ईर्ष्यालु लोगों के लिए सबसे बड़ा यन्त्रणा का कारण (और हमारा समाज जिस ढंग का है उसमें सभी ईर्ष्यालु हैं) मर्दों और औरतों की शारीरिक निकटता है, जिसकी इजाज़त हमारी परम्पराएं देती हैं। अगर कोई बॉल डांसों में, डाक्टरों और मरीज़ों में, कला, चित्रकला, विशेषकर संगीत का अध्ययन करनेवाले विद्यार्थियों में शारीरिक निकटता पर रोकथाम लगाने की कोशिश करे, तो सब लोग उसकी हंसी उड़ाएंगे। कहा जाएगा कि देखिए दो जने संगीत का अध्ययन कर रहे हैं, जो कलाओं में सबसे उदात्त है ; अध्ययन के लिए शारीरिक निकटता की ज़रूरत है और इस निकटता में कोई भी निन्दनीय बात नहीं है, सिर्फ बेवकूफ और ईर्ष्यालु पतियों को ही एतराज़ करने के काबिल कोई चीज़ नज़र आ सकती है। फिर भी सभी जानते हैं कि ऐसे अध्ययनों से ही, खास तौर पर संगीत के अध्ययन से, हमारे वर्ग में व्यभिचार शुरू होता है।

"ऐसा लगा जैसे उन्हें मेरी घबराहट का पता चल गया था। कुछ देर तक तो मैं एक शब्द भी न बोल सका। मैं ऐसी बोतल की तरह था जिसे उलट दिया गया हो और जिसमें से कोई चीज़ बाहर न निकल रही हो, क्योंकि बोतल लबालब भरी थी। मैं उसे डांटना-फटकारना चाहता था, लेकिन मुझे एहसास हुआ कि मुझे शिष्टता दिखानी चाहिए और मैंने शिष्टता दिखाई। मैंने हर चीज़ में रज़ामन्दी जाहिर की। उसकी मौजूदगी से मुझे तकलीफ होती थी, विरोधाभास के कारण मैं उतना ही विनीत और शिष्ट बन जाता था। मैंने उससे कहा कि मुझे उसकी रुचि पर पूरा भरोसा है। मैंने अपनी पत्नी को भी यही

सलाह दी। वह सिर्फ उतनी ही देर वहां रुका, जितनी देर रुकना उस अप्रिय प्रभाव को मिटाने के लिए ज़रूरी था, जो मेरे अचानक चौंककर भीतर आने और तनाव-भरी खामोशी से पैदा हुआ था। फिर उसने जाने की इजाज़त मांगी और ऐसा ज़ाहिर किया कि वे कल क्या बजाएंगे, कम से कम इसका फैसला तो हो गया है। मुझे विश्वास था कि वे कौन-सी संगीतरचना बजाएंगे, इस बात से उन्हें ज़रा भी फर्क नहीं पड़ता था, क्योंकि वे किसी दूसरे ही काम में व्यस्त थे।

"उसे बाहर पहुंचाते वक्त मैंने खास ध्यान दिया। (जो आदमी आपके घर की शांति और खुशी को तबाह करने आया हो, भला आप उसे और किस ढंग से बाहर पहुंचाएंगे!) बड़े तपाक से मैंने उसका सफेद नर्म हाथ दबाया।

22

"मैं अपनी पत्नी से बाकी वक्त एक शब्द भी न बोला। मैं बोल ही नहीं सकता था। उसकी मौजूदगी ने मेरे भीतर ऐसी नफरत जगा दी थी कि मुझे उसके नतीजों से डर लगने लगा था। रात के खाने के वक्त उसने बच्चों के सामने पूछा कि मैं बाहर कब जा रहा हूं (मुझे अगले हफ्ते एक प्रादेशिक सम्मेलन में भाग लेने के लिए जाना था)। मैंने उसे तारीख बता दी। उसने पूछा, सफर के लिए वह क्या-क्या तैयारी करे? मैंने कोई जवाब न दिया। कुछ देर तक मैं मेज़ के आगे खामोश बैठा रहा, फिर चुपचाप उठकर अपनी स्टडी में चला गया। पिछले कुछ दिनों से उसने मेरी स्टडी में आना बन्द कर दिया था, खास तौर पर रात के वक्त। मैं वहां लेटा अपने दिल में गुस्सा पालता रहा। अचानक मुझे उसके आने की आवाज़ सुनाई दी। मेरे दिल में एक खौफनाक, बदसूरत ख्याल आया कि अरिया की पत्नी की तरह वह भी अपना गुनाह छिपाने के लिए बेवक्त मेरे पास आ रही है। 'क्या वह सचमुच मुझसे बात

करने के लिए आ रही है?' मैं उसके नज़दीक आते हुए कदमों की आवाज़ सुनकर सोच रहा था। 'अगर ऐसी बात है तो मेरा ख्याल सच है। 'मेरा दिल उसके प्रति एक अकथनीय घृणा से भर गया। कदम नज़दीक आते गए, नज़दीक आते गए। वह मेरे दरवाज़े से गुज़रकर रिसेप्शन-रूम में जाएगी न? नहीं, दरवाज़े में चरहिट हुई और वह दहलीज़ में खड़ी थी—लम्बी, खूबसूरत। उसकी आंखों में याचना का भीरु भाव था जिसे वह छिपाना चाहती थी, लेकिन मैं उसे फौरन भांप गया और उसका मतलब समझ गया। मैंने इतनी देर तक सांस बन्द की कि मेरा दम घुटने लगा। उसकी तरफ देखते हुए मैंने अपना सिगरेट-केस निकाला और एक सिगरेट सुलगाया।

" 'जब मैं तुम्हारे पास तुमसे बात करने आई हूं, तो क्या तुम्हें सिगरेट पीना चाहिए?' उसने सोफे पर मेरे नज़दीक बैठकर, मेरी तरफ मुस्कराते हुए कहा।

" मैं परे सरक गया ताकि वह मुझे छू न सके।

" 'देखती हूं, इतवार को साज़ बजाने की बात से तुम नाराज़ हो गए हो।'

" 'बिलकुल नहीं।' मैंने कहा।

" 'जैसे मैंने देखा नहीं।'

" 'मुझे बड़ी खुशी है अगर तुम देखती हो। जहां तक मेरा ख्याल है, मुझे सिर्फ यही बात नज़र आती है कि तुम एक कुतिया की तरह...'

" 'अगर तुम गाड़ीवानों की ज़बान में गालियां बकोगे तो मैं चली जाऊंगी।'

" 'चली जाओ। सिर्फ यह याद रखो कि अगर खानदान की इज़्ज़त की तुम्हारे दिल में कोई कीमत नहीं है, तो कम से कम मेरे दिल में तो है—मुझे तुम्हारी कोई परवाह नहीं—मेरी तरफ से तुम जहन्नुम में जाओ—खानदान की इज़्ज़त की मुझे परवाह है!'

" 'क्या कहा? तुम क्या कह रहे हो?'

" 'चली जाओ! खुदा के लिए चली जाओ!'

“ ‘उसने ऐसा ज़ाहिर किया जैसे वह मेरी बात नहीं समझ सकी (या शायद वह सचमुच समझ नहीं सकी थी)। वह आहत और क्षुब्ध भाव से उठ खड़ी हुई; लेकिन बाहर जाने के बजाय, वह कमरे के बीचोबीच निश्चल खड़ी रही।

“उसने कहना शुरू किया, ‘सचमुच तुमने हद कर दी है, तुम्हारे साथ तो कोई फरिश्ता भी नहीं रह सकता।’ हमेशा की तरह उसने मेरी सबसे कमज़ोर जगह पर वार करने की कोशिश की और मुझे मेरी बहन की घटना याद दिलाई (गुस्से में पागल होकर मैंने उसे बहुत-सी बेहूदा बातें कही थीं। मेरे लिए यह याद बड़ी तकलीफदेह थी, वह इस बात को जानती थी, इसलिए इस क्षण वह इस प्रसंग को लाई थी)। ‘इस घटना के बाद से तुम्हारी किसी भी बात से मुझे हैरानी नहीं हो सकती।’ उसने कहा।

“ ‘तुम मुझे बेइज़्ज़त, ज़लील और बदनाम करना चाहती हो और फिर कहना चाहती हो कि कसूर मेरा है!’ मैंने मन ही मन कहा। अचानक मेरे दिल में ऐसी नफरत पैदा हुई, जो पहले कभी नहीं हुई थी, और पहली बार उस नफरत को शारीरिक रूप में व्यक्त करने की ख्वाहिश मेरे दिल में उठी। मैं उछलकर खड़ा हो गया और उसकी तरफ झपटा। लेकिन मुझे याद है कि उछलते वक्त मुझे अपनी हरकत का पूरा एहसास था और मैंने अपने-आपसे पूछा कि क्या मन की भड़ास इस तरह निकालना ठीक होगा? जवाब मिला—हां, ठीक है, क्योंकि इस तरह से मैं उसे डरा सकूंगा। मैंने नफरत को दबाने की बजाय अपने-आपको नफरत के हवाले कर दिया और मुझे इस एहसास से खुशी हुई कि मेरे अन्दर नफरत का तूफान है।

“ ‘इससे पहले कि मैं तुम्हें मारूं, यहां से निकल जाओ!’ मैंने उसके पास जाकर उसकी बांह पकड़ ली और चिल्लाया। मैंने जान-बूझकर नफरत के लहजे पर ज़ोर दिया। मेरी शक्ल ज़रूर खौफनाक दीख रही होगी, क्योंकि वह डर के मारे हिल-डुल भी न सकी।

“ उसने कहा, ‘वास्या, तुम्हें क्या हो गया है?’

" 'बाहर निकल जाओ!' मैं पहले से भी ज़्यादा ज़ोर से चिल्लाया, 'तुम मुझे पागल बना रही हो। मैं अगर कुछ कर बैठा तो मेरी ज़िम्मेदारी नहीं होगी।'

"अपने को गुस्से के हवाले करने के बाद मुझे मन ही मन अपने गुस्से पर घमंड हुआ और जी में आया कि कोई असाधारण बात करूं जिससे मेरी भावनाओं की तीव्रता व्यक्त हो सके। मेरे मन में उसपर हाथ उठाने और उसे मार डालने की तीव्र इच्छा जाग्रत् हुई। लेकिन मैं जानता था कि मुझे ऐसा नहीं करना चाहिए, इसलिए अपनी भड़ास निकालने के लिए मैंने पेपरवेट उठाकर उसके पीछे दे मारा और चिल्लाया, 'निकल जाओ यहां से!' मेरा निशाना सही था और पेपरवेट उसे छुए बगैर आगे जाकर गिरा। वह चली गई लेकिन दरवाज़े पर रुकी रही। जब तक वह वहां थी और मुझे देख सकती थी, मैंने (सिर्फ उसे दिखाने की गरज़ से) अपने लिखने की मेज़ पर पड़ी चीज़ें, मोमबत्तियां और दवात उठाकर फ़र्श पर पटक दीं।

"'निकल जाओ!' मैं चिल्लाया, 'निकल जाओ! मैं जो कुछ करूंगा, उसके लिए जवाबदेह नहीं होऊंगा!'

"वह चली गई और मेरा गुस्सा फौरन शान्त हो गया।

"एक घंटे बाद धाय ने आकर मुझे बताया कि मेरी पत्नी को हिस्टीरिया के दौरे पड़ रहे हैं। मैं उसे देखने गया। वह कभी सिसकियां ले रही थी, और कभी हंस रही थी। उसके मुंह से कोई बात नहीं निकल रही थी, उसका सारा शरीर कांप रहा था। वह बहाना नहीं कर रही थी, बल्कि सचमुच बीमार थी।

"सुबह के वक्त उसकी हालत बेहतर हो गई और हमारी सुलह हो गई। इसका कारण उस भावना का असर था, जिसे प्यार कहा जाता है। जब सुलह के बाद मैंने कबूल किया कि मैं त्रुखाचेव्स्की से जलता हूं, तो वह बिना किसी घबराहट के बेहद स्वाभाविक ढंग से हंसी और बोली, यह सोचना हास्यास्पद है कि वह कभी इस किस्म के आदमी पर आसक्त हो सकती है।

"क्या किसी भी शरीफ औरत के दिल में ऐसे आदमी के लिए कोई भावना उठ सकती है? संगीत से पैदा होनेवाले आनन्द के सिवा और कुछ

नहीं। अगर तुम चाहो तो मैं कभी उससे नहीं मिलूंगी। इतवार को भी नहीं, हालांकि हम मेहमानों को बुला चुके हैं। तुम उसे लिखकर भेज दो कि मेरी तबियत ठीक नहीं है; बस, मामला यहीं खत्म हो जाएगा। मुझे अफसोस सिर्फ इस बात का है कि कोई आदमी, खास तौर पर वह आदमी, कैसे कल्पना कर सकता है कि वह खतरनाक है। मेरा अहंकार ऐसी किसी बात को मानने के लिए तैयार नहीं है।'

"वह झूठ नहीं बोल रही थी ; वह जो कुछ कह रही थी, विश्वासपूर्वक कह रही थी। उसका ख्याल था कि इन शब्दों से वह अपने मन में उसके लिए नफरत पैदा कर लेगी और उसके खिलाफ किलेबन्दी खड़ी कर लेगी, लेकिन वह असफल रही। हर चीज़ उसके खिलाफ थी, खास तौर पर वह सत्यानाशी संगीत। इस बारे में बस इतनी बात हुई और इतवार को हमारे मेहमान आए, उस आदमी ने और मेरी पत्नी ने संगीत प्रस्तुत किया।

23

" मेरे ख्याल में यह बताने की ज़रूरत नहीं कि मैं घमंडी आदमी था। अगर हमारे समाज में आदमी घमंडी न हो तो फिर जीने का मकसद ही कौन-सा रह जाता है ? इसलिए मैंने खुद खाने-पीने और संगीत के प्रोग्राम का इन्तज़ाम किया ताकि हमारी शोहरत हो। मैंने खुद खाने की चीज़ें बाजार से खरीदीं और मेहमानों को बुलाया।

"छः बजे सब लोग आ गए, वह भी ईवनिंग ड्रेस में आया। उसकी कमीज़ में हीरे के बटन लगे थे, जो उसकी भौंडी रुचि का परिचय दे रहे थे। वह अपने को दूसरों से ऊंचा समझ रहा था और जब कोई उससे बात करता तो वह बड़े कृपालु ढंग से मुस्कराता, जैसे उसे पहले से ही लोगों की हर बात और व्यवहार का पता हो। मुझे उसकी बदतमीज़ी की

हर निशानी देखकर बड़ी खुशी हो रही थी, क्योंकि इससे मुझे तसल्ली मिलती थी। साथ ही यह भी साबित होता था, जैसाकि खुद मेरी पत्नी ने कहा था, कि वह उसके मुकाबले में कहीं घटिया आदमी था, इसलिए ऐसे आदमी पर आसक्त होना अपने को नीचे गिराना था। अब मैंने अपने-आपको ईर्ष्यालु नहीं होने दिया। पहली बात तो यह थी कि ईर्ष्या की यन्त्रणा इतनी ज़्यादा भुगत चुका था कि मैं थक गया था और आराम चाहता था, दूसरी बात यह थी कि अपनी पत्नी की दृढ़ता में विश्वास करना चाहता था, सो मैं ने किया। मै ईर्ष्या से पीड़ित नहीं था, फिर भी डिनर के दौरान और संगीत के प्रोग्राम से पहले न मेरे दिल में शान्ति थी, न ही उन दोनों के प्रति मेरा व्यवहार स्वाभाविक था। मैं उन दोनों की नज़रों और हरकतों को गौर से देख रहा था।

"यह डिनर भी सब डिनरों जैसा था—सख्त तकल्लुफ से भरा और नीरस। संगीत का प्रोग्राम कुछ जल्दी शुरू हो गया। उस शाम की हर रात मेरे मन पर कैसी अंकित है! मुझे याद है, उसने अपनी वॉयलिन उठाई, सन्दूक का ताला खोला, वॉयलिन पर चढ़ा कपड़ा हटाया, जिसपर किसी औरत ने कशीदा काढ़ा था, फिर उसने साज़ निकालकर स्वर ठीक किए। मुझे याद है, मेरी पत्नी ने अपना संकोच छिपाने के लिए (इस संकोच का मुख्य कारण उसका पियानो बजाना था) उदासीनता का अभिनय किया। फिर वह चेहरे पर इस झूठे भाव को लिए बैठ गई। फिर मिडल सी[1], तारों की टुनटुन, और स्वर मिलाना शुरू हुआ। मुझे याद है, वे किस तरह एक-दूसरे की तरफ और मेहमानों की तरफ देख रहे थे, एक-दूसरे को धीमी आवाज़ में कुछ कह रहे थे। संगीत शुरू हुआ। मेरी पत्नी ने पहला स्वर निकाला। उस आदमी के चेहरे पर जो गंभीर, तनावपूर्ण, शानदार भाव आया, वह भी मुझे याद है। अपने स्वर की इन्तज़ार के बाद पियानो के जवाब में उसकी सावधान उंगलियों ने तार दबाए। संगीत शुरू हो गया था।"

1. पियानो का एक स्वर

रुककर मेरे साथी ने फिर मुंह से कई बार लगातार वह विचित्र आवाज़ निकाली। जब उसने दुबारा बोलने की कोशिश की तो उसके मुंह से सिर्फ एक रुंधी-सी आवाज़ निकली। कुछ देर इन्तज़ार करने के बाद वह बोला ;

"वे बीटोवन का 'क्यूत्ज़र सोनेटा' बजा रहे थे। आपको उस सोनेटा के पहले द्रुत स्वर याद हैं?" वह ज़ोर से चिल्लाया, "उफ! वह सोनेटा बड़ी खतरनाक चीज़ है, खास तौर पर वे द्रुत स्वर। वैसे आम तौर पर संगीत खतरनाक चीज़ है। कौन-सी चीज़? मैं खुद नहीं समझता। लेकिन संगीत है क्या? वह आदमी को क्या कर देता है? और क्यों ऐसा करता है? कहते हैं कि संगीत आत्मा पर उदात्त प्रभाव डालता है। यह बकवास है, झूठ है। उसका प्रभाव तो ज़रूर होता है, और भयंकर प्रभाव होता है (मैं सिर्फ अपनी बात कर सकता हूं), लेकिन यह प्रभाव आत्मा को उदात्त नहीं बनाता। न ऊंचा उठाता है, न नीचे गिरता है; सिर्फ उत्तेजित करता है। मैं किन शब्दों में समझाऊं? संगीत की वजह से मैं अपने-आपको और अपनी हालत को भूल जाता हूं, वह मुझे एक दूसरी हालत में पहुंचा देता है, जो मेरी अपनी हालत नहीं होती। संगीत के प्रभाव में आकर मैं ऐसी चीज़ें महसूस करता हूं जो मैं सचमुच महसूस नहीं करता; ऐसी बातें समझता हूं, जो मैं नहीं समझता; ऐसी बातों की क्षमता मुझमें आ जाती है, जो क्षमता मुझमें नहीं है। मैं इसे इस तरह बयान करूंगा कि संगीत मुझपर उबासी या हंसी जैसा प्रभाव डालता है : मुझे नींद नहीं आ रही, फिर भी जब मैं किसी दूसरे आदमी को उबासी लेते देखता हूं तो मुझे उबासी आ जाती है ; मुझे किसी बात पर हंसी नहीं आ रही, लेकिन किसी दूसरे आदमी को हंसते देखकर मैं हंसने लगता हूं।

"संगीत फौरन मेरे अन्दर वह आध्यात्मिक मनःस्थिति पैदा कर देता है, जो संगीत-रचना करते समय संगीतकार की थी। मेरी आत्मा उसकी आत्मा से मिल जाती है और उसके साथ मेरी मनः-स्थिति भी बदलती जाती है। मुझे इन मनःस्थितियों में से क्यों गुज़रना चाहिए, यह मैं नहीं बता सकता। लेकिन दूसरी तरफ—मिसाल के लिए, क्यूत्ज़र सोनेटा' का रचयिता—बीटोवन जानता था

कि वह उस खास मूड में क्यों है। उस मूड से प्रेरित होकर उसने निश्चित क्रियाएं कीं, इसलिए इस मूड का उसके लिए अर्थ था ; लेकिन मेरे लिए इसका कोई अर्थ नहीं। संगीत ऐसी उत्तेजना पैदा करता है जिसका कोई उद्देश्य नहीं होता। अगर फौजी मार्च बजाया जाए तो सिपाही मार्च करते हुए चले जाते हैं, इस तरह संगीत अपने उद्देश्य को पूरा करता है ; अगर नाच की धुन बजाई जाती है, तो मैं नाचने लगता हूं, और संगीत का उद्देश्य पूरा हो जाता है। गिर्जे में धार्मिक संगीत बजता है और मैं शपथ लेता हूं, तब भी यही होता है, बाकी जगह संगीत सिर्फ उत्तेजना देता है और उस उत्तेजना को बाहर निकलने का रास्ता नहीं देता। यही कारण है कि संगीत का इतना ज़बर्दस्त, कई बार इतना भयंकर प्रभाव होता है। चीन में संगीत राज्यसत्ता के अधीन होता है, और ऐसा होना ही चाहिए। क्या हमें इस बात की इजाज़त देनी चाहिए कि जिसके मन में आए वह दूसरों को जादू के ज़ोर से बांध ले (या बहुत-से लोगों को बांधकर), उनसे जैसा चाहे करवाए। सबसे बुरी बात तो यह है कि आम तौर पर जादू करनेवाले आदमी के कोई नैतिक सिद्धान्त नहीं होते।

" ऐरे-गैरे लोगों के लिए यह बड़ा खतरनाक हथियार है। इस 'क्यूत्ज़र सोनेटा' की आरम्भिक लय की मिसाल ही लो। ऐसे कमरे में जहां औरतें बहुत नीचे गले की पोशाकें पहनकर बैठी हों, भला, इस द्रुतलय को बजाने की हिम्मत कौन करेगा?—इसे बजाने, तारीफ में तालियां बजाने के बाद क्या लोग आइसक्रीम और ताज़ी अफवाहों में लग जाएं? ऐसा संगीत तो निश्चित और अर्थपूर्ण परिस्थितियों में ही बजाया जाना चाहिए, जब संगीत के अनुकूल अर्थपूर्ण क्रियाओं को पूरी करने का इरादा हो। एक बार बजाए जाने पर उस मनःस्थिति द्वारा पैदा की गई उत्तेजना को क्रियात्मक रूप मिलना चाहिए। अगर इन भावनाओं और शक्तियों को खर्च न किया जाए तो वे उस समय और स्थान पर असंगतिपूर्ण बनकर ज़रूर तबाही मचा देती हैं। कम से कम मुझपर तो इस संगीत का विनाशकारी प्रभाव पड़ा। उसने मेरे अन्दर ऐसी नई भावनाएं और क्षमताएं जगा दीं जिनके प्रति मैं एकदम बेखबर था। जैसे

संगीत मुझसे कह रहा था, 'असलियत यह है। जिस तरह से तुम जीने और सोचने के आदी हो, वह नहीं बल्कि यह है।' यह नई बात क्या थी, यह मैं नहीं बता सकता था, लेकिन नई हालत के इस एहसास ने मुझे खुशी दी। मैंने उन सब लोगों को, जिनमें मेरी पत्नी और वह आदमी भी था, एक बिलकुल नई रोशनी में देखा।

"प्रेस्तो[1] के बाद उन्होंने अंदान्ते[2] बजाया, जो आनन्ददायक तो था, लेकिन अति साधारण था, जिसके उतार-चढ़ाव बेहूदा और अंत बड़ा कमज़ोर था। मेहमानों के आग्रह पर उन्होंने कई और चीज़ें बजाईं, शायद अन्स्ट का एक शोकगीत और कुछ और चीज़। ये सब संगीत-रचनाएं बहुत अच्छी थीं, लेकिन पहली संगीत-रचना ने मुझे जितना प्रभावित किया था, उसका दसवां हिस्सा भी इन रचनाओं से मुझे नहीं मिला था। पहली रचना के प्रभाव की पृष्ठभूमि में रखकर ही मैंने बाद की रचनाएं सुनीं। बाकी शाम मैं प्रफुल्लित और आनन्दमय रहा। मेरी पत्नी मुझे उस समय जैसी नज़र आई, वैसी पहले कभी नहीं आई थी। उसकी आंखों की चमक, पियानो बजाते वक्त उसके चेहरे की गंभीरता और संगीत खत्म होने पर उसकी पूर्ण शिथिलता, और मन्द मुस्कान जो आनन्दपूर्ण होने के साथ-साथ करुण भी थी—मैंने यह सब देखा, लेकिन इन सारी बातों का मैंने सिर्फ एक अर्थ लगाया, वह यह था कि मेरी तरह उसके मन में भी जैसे स्मृति की गहराइयों में से निकलकर अपरिचित भाव जागे थे।

"शाम की मजलिस कामयाब रही और सब लोग अपने-अपने घर लौट गए।

"यह जानते हुए कि दो दिन बाद मैं सम्मेलन में जा रहा था, त्रूखाचेव्स्की ने विदा लेते वक्त कहा कि अगली बार जब वह हमारे शहर में आएगा तो ऐसी सुखद शाम फिर आएगी। मैंने इसका अर्थ यह लगाया कि मेरी अनुपस्थिति में उसका यहां आना नामुमकिन है, इसलिए मुझे बड़ी ख़ुशी हुई। मैंने सोचा

1. द्रुतलय
2. विलम्बित लय

कि अब मेरी उससे मुलाकात नहीं होगी, क्योंकि, उसके शहर छोड़ने से पहले मैं सम्मेलन से नहीं लौटूंगा।।

"पहली बार मैंने सच्ची खुशी से उससे हाथ मिलाया और उस सुखद शाम के लिए उसे धन्यवाद दिया। उसने मेरी पत्नी से भी रुखसत ली, ऐसा लगा जैसे बहुत लम्बे अर्से तक के लिए। उनके व्यवहार में मुझे कोई ऐसी बात दिखाई नहीं दी जो स्वाभाविक और शालीन न थी। हर बात शानदार थी। मुझे और मेरी पत्नी दोनों को उस शाम से बहुत खुशी मिली।

24

" दो दिन बाद मैं देहात के लिए रवाना हो गया। मैंने हलके दिल से, खुशी-खुशी अपनी पत्नी से विदा ली।

"देहात में कामों की कमी कभी नहीं होती। यह अपने ही किस्म की एक पूरी दुनिया है, जहां ज़िन्दगी का अपना ढर्रा है। पहले दो दिन मैं सम्मेलन में लगातार दस-दस घंटों तक बैठा रहा। अगले दिन मुझे अपनी पत्नी का खत मिला जिसे मैंने फौरन पढ़ डाला। उसने बच्चों के बारे में, अपने चचा के बारे में, धाय के बारे में, अपनी खरीदारी के बारे में लिखा था और फिर बड़े मज़े में, जैसे वह किसी निहायत मामूली बात का ज़िक्र कर रही हो, उसने लिखा था कि त्रूखाचेव्स्की उसके लिए कुछ संगीत-रचनाएं लेकर आया था, जिन्हें लाने का वादा उसने किया था। उसने वॉयलिन सुनाने का प्रस्ताव किया, लेकिन मेरी पत्नी ने इनकार कर दिया। मुझे त्रूखाचेव्स्की के किसी ऐसे वादे की याद न थी ; मेरा खयाल था कि उसने मेरी पत्नी से हमेशा के लिए विदा ले ली थी, इसलिए मुझे इस बात से एक अप्रिय आश्चर्य हुआ। उस वक्त मैं इतना व्यस्त था कि इस बारे में ज़्यादा न सोच सका, लेकिन शाम को अपने फ्लैट में लौटकर जब मैंने दुबारा वह खत पढ़ा तो मेरा माथा ठनका। मुझे लगा कि

मेरी अनुपस्थिति में त्रूखाचेव्स्की के आने की अप्रिय खबर के साथ ही साथ खत की पूरी ध्वनि में एक तनाव था। ईर्ष्या का पागल जानवर अपनी मांद में गुर्राया और बाहर निकलने की कोशिश करने लगा, लेकिन मुझे उसकी पाशविक शक्ति से इतना अधिक डर लगा कि मैंने उसे फिर मांद में लौटने पर मजबूर किया।

" 'ईर्ष्या की भावना कितनी नीचतापूर्ण होती है!' मैंने अपने-आपसे कहा, 'उसने जो बातें मुझे लिखी हैं भला उनसे अधिक स्वाभाविक और क्या हो सकता है!'

" मैं बिस्तर पर लेटकर कल के कामों के बारे में सोचने लगा। आम तौर पर मुझे किसी अपरिचित पलंग पर बड़ी मुश्किल से नींद आती है, लेकिन उस रात मैं बहुत जल्दी सो गया। फिर अचानक मैं उठ बैठा, जैसे बिजली का करेण्ट लग जाने से नींद खुल गई हो, जैसाकि अक्सर होता है। जब मेरी नींद खुली तो मैं अपनी पत्नी के बारे में, उसके प्रति अपने वासनापूर्ण प्यार के बारे में और त्रूखाचेव्स्की के बारे में सोच रहा था। मुझे यकीन हो गया था कि वह मेरी पत्नी से जो चाहता है, वह उसे मिल गया है। गुस्से और खौफ से मेरा शरीर ऐंठ गेया। लेकिन मैं अपने-आपसे बहस करने लगा। मैंने कहा, 'यह बकवास है, इस तरह सोचने का कारण नहीं होना चाहिए। उन दोनों के बीच ऐसी कोई बात नहीं है, न कभी रही है। तुम ऐसी भयंकर बात की कल्पना करके उसे और अपने-आपको क्यों गिरा रहे हो? कहां एक किराये का साज़िंदा, जिसकी शोहरत अच्छी नहीं और कहां एक शरीफ औरत, बच्चों की मां—तुम्हारी अपनी पत्नी—कैसी असंगति है!' यह बहस के एक पक्ष की दलील थी, लेकिन दूसरी दलील थी, 'इस बात के सिवा और कुछ हो ही क्या क्या सकता था—इस सीधी मामूली बात के सिवा, जिसके लिए मैंने उससे शादी की, जिसके लिए मैं उसके साथ रहता हूं? उससे मैं सिर्फ यही चाहता हूं और दूसरे मर्द भी, जिनमें यह संगीतकार भी शामिल है, सिर्फ यही चाहते हैं। वह कुंवारा है और उसकी सेहत अच्छी है (मुझे याद आया,

किस तरह उसने चॉप की एक नर्म हड्डी को अपने दांतों से पीसा था और अपने लाल होंठों से उसने कितने ललचाए ढंग से शराब का पूरा गिलास सोख लिया था)–छैला चिकना, खाया-पीया ऐसा आदमी जो सिद्धान्तहीन ही नहीं है, बल्कि जिसका एकमात्र सिद्धान्त यह है कि हर मौके से फायदा उठाना चाहिए। वह और मेरी पत्नी संगीत के सूत्र से बंधे हैं; वासना को जगाने का उससे ज़्यादा परिष्कृत साधन और कोई नहीं है। उस आदमी को संयम में रखनेवाली कौन-सी चीज़ है? कोई नहीं है। इसके विपरीत उसे प्रोत्साहन देने के लिए हर चीज़ मौजूद है। मेरी पत्नी? वह क्या है? एक रहस्य—वह हमेशा से रहस्य रही है। मैं उसे नहीं जानता। मैं सिर्फ उसकी पाशविक वृत्ति को जानता हूं। और एक जानवर को संयम का ज्ञान नहीं होता, न होना चाहिए।'

"उस वक्त मुझे याद आया कि उस शाम 'क्यूत्ज़र सोनेटा बजाने के बाद जब उन्होंने एक छोटी-सी उत्तेजनापूर्ण संगीत-रचना बजाई थी—उसके रचयिता का नाम याद नहीं—वह कामुक और विलासपूर्ण रचना थी, तब उन दोनों के चेहरे पर कैसा भाव आया था! उस याद से मैंने अपने-आपको पूछा, 'मैं वहां से क्यों चला आया?' क्या यह साफ नहीं कि उसी शाम उन दोनों के बीच यह सब हुआ? क्या यह साफ नहीं कि उस शाम उन दोनों को अलग रखनेवाली रुकावटों का अस्तित्व नहीं रहा था और दोनों को, खास कर मेरी पत्नी को, उस बात से शर्म आ रही थी, जो उन दोनों के बीच हुई थी? मुझे याद है, मेरी तरफ देखकर वह किस मन्द, करुण और आनन्दपूर्ण ढंग से मुस्कराई थी, और जब मैं उठकर पियानो के नज़दीक गया था, तो उसने किस तरह अपने लाल, पसीने से तर चेहरे को पोंछा था। उस वक्त भी वे आपस में नज़रें मिलाने से कतरा रहे थे। खाने के वक्त जब उसने मेरी पत्नी के लिए गिलास में सोडावाटर उंडेला था, तब उसकी नज़रें मिली थीं और दोनों के चेहरों पर मन्द मुस्कान फैल गई थी। मुझे याद है, उस नज़र और उस मुस्कराहट को मैंने पकड़ लिया था। तब मेरे दिल में कितना खौफ पैदा हुआ था! एक आवाज़ ने मुझसे कहा, 'सारा खेल खत्म हो गया!' दूसरी

आवाज़ ने बिलकुल दूसरी चीज़ कही, 'तुम्हारे ऊपर कोई भूत सवार हो गया है। तुम ऐसी चीज़ के बारे में कुढ़ रहे हो जो कभी भी सच नहीं हो सकती!' अंधेरे में लेटे रहना मुझसे बर्दाश्त न हुआ। मैंने दियासलाई की एक तीली जलाई। उस छोटे कमरे में, जिसकी दीवारों पर पीला कागज़ लगा था, मुझे डर लगने लगा। मैं सिगरेट पीने लगा। जब भी मुझे किसी कठिन समस्या के गिर्द चक्कर काटना पड़ता था, तब मैं सिगरेट सुलगा लेता था। मैं एक के बाद दूसरा सिगरेट पीता गया—जैसे मैं अपनी समस्या की कठिनता के प्रति अपनी चेतना को मन्द करना चाहता था।

"उस रात मुझे फिर नींद नहीं आई। पांच बजे यह सोचकर कि अब मैं उस तनाव को और ज़्यादा बर्दाश्त नहीं कर सकूंगा और मुझे फौरन घर लौट जाना चाहिए, मैंने उठकर चौकीदार को जगाया और उसे घोड़े लाने के लिए भेजा। मैंने अपने साथियों के नाम एक रुक्का लिखकर भेज दिया कि मुझे अचानक मास्को से बुलावा आ गया है और मैं एक ज़रूरी काम से मास्को जा रहा हूं। वे मेरी जगह किसी और को नियुक्त कर दें।

"आठ बजे मैं गाड़ी में बैठकर रवाना हो गया।"

25

कंडक्टर डिब्बे में आया। यह देखकर कि हमारी मोमबत्ती करीब-करीब बुझ गई है, उसने नई मोमबत्ती रखे बगैर ही वह मोमबत्ती बुझा दी। बाहर पौ फट रही थी। जब तक कंडक्टर हमारे डिब्बे में रहा, पोज़्दनिशेव गहरी सांसें लेता रहा, लेकिन खामोश रहा। कंडक्टर के जाने के बाद जब अंधेरे डिब्बे में हिंडोले की तरह झूलती हुई गाड़ी की खिड़कियों की खटखट और दुकान के कर्मचारी के खर्राटों के सिवा और कोई आवाज़ न सुनाई दी, तब जाकर कहीं उसने अपनी कहानी फिर शुरू की। प्रभात की मद्धम रोशनी में वह मुझे

बिलकुल दिखाई नहीं देता था, मुझे सिर्फ उसकी आवाज़ सुनाई दे रही थी, जिसमें उत्तेजना और शोक पहले से अधिक मुखरित हो उठा था।

"मुझे अट्ठाईस मील के करीब घोड़ागाड़ी से और आठ घंटे रेल का सफर करना पड़ा। गाड़ी का सफर बड़ा मज़ेदार था। पतझड़ की सुबह थी, पाला पड़ रहा था और सूरज की चमक तेज़ थी—तुम जानते हो, इस तरह की सुबह कैसी होती है, जब गीली सड़क पर पहियों के टायर गहरे निशान छोड़ जाते हैं! सड़क नर्म थी, चमकदार रोशनी थी, हवा में स्फूर्ति देनेवाली ताज़गी थी। गाड़ी के सफर में बड़ा मज़ा आ रहा था। दिन चढ़ते ही मेरी तबियत बेहतर हो गई। मैं अभी सफर कर रहा था। घोड़ों, खेतों और लोगों को देखकर, जिन्हें हम पीछे छोड़ते जा रहे थे, मैं यह भूल गया कि मैं कहां जा रहा हूं। कई बार मुझे ऐसा लगा, जैसे मैं सिर्फ सैर करने निकला हूं और जिन परिस्थितियों के कारण मुझे सफर करना पड़ रहा है, वे एकदम काल्पनिक हैं। भूलने में मुझे खास किस्म की खुशी मिल रही थी। जब भी मैं सोचता कि मैं कहां जा रहा हूं, तो मन ही मन कहता, 'सोच-विचार मत करो। वक्त पर सारी बातें साफ हो जाएंगी। सफर के बीच एक ऐसी घटना हो गई, जिससे मुझे देरी हो गई और मेरा ध्यान बंट गया। घोडागाड़ी टूट गई और उसकी मरम्मत करनी पड़ी। इस दुर्घटना के बहुत बड़े नतीजे निकले ; इसकी वजह से मुझे एक्सप्रेस गाड़ी न मिल सकी और मुझे डाकगाड़ी पकड़नी पड़ी, इसलिए मैं पांच बजे की बजाय, जैसीकि मुझे उम्मीद थी, बारह बजे रात घर पहुंचा।

"छकड़े की सवारी, मरम्मत, हिसाब-किताब, रास्ते की एक सराय में भोजन, गार्ड के एक पोर्टर के साथ बातचीत—इन सब बातों में मेरा मन उलझा रहा। शाम तक सब कुछ तैयार हो गया और मैं फिर सफर पर रवाना हुआ। शाम का सफर सुबह के सफर से भी ज़्यादा सुखद था। आसमान में नया चांद निकला था, थोड़ा-सा पाला पड़ रहा था, सड़क बढ़िया थी, घोड़े शानदार थे, विनोदी स्वभाव का कोचवान था। मैंने सफर का पूरा लुत्फ उठाया। मेरी किस्मत में जो बदा था, उसका विचार तक मेरे मन में नहीं आया

था ; शायद मैंने पूरा लुत्फ इसलिए उठाया था, क्योंकि मैं जानता था कि मुझे क्या-क्या देखना पड़ेगा, इसलिए मैं आखिरी बार ज़िन्दगी की खुशियों का लुत्फ उठाना चाहता था।

"लेकिन यह संयम की अवस्था, अपनी भावनाओं को दबाने की क्षमता गाड़ी के सफर के साथ ही खत्म हो गई। ट्रेन के डिब्बे से कदम रखते ही मेरे मन में बिलकुल एक दूसरे किस्म की भावना उठी। रेल का वह आठ घंटे का सफर एक ऐसी यंत्रणा थी जिसे मैं ज़िन्दगी-भर याद रखूंगा। शायद यह डिब्बे में दाखिल होने का नतीजा था, मुझे महसूस हुआ कि मैं अब घर पहुंचने ही वाला हूं, या यह कि रेल का सफर हमेशा स्नायुओं पर असर डालता है। खैर, जो भी वजह हो, डिब्बे में बैठते ही मैं अपनी कल्पना पर काबू न रख सका। मेरी कल्पना मेरी ईर्ष्या को जगाने के लिए एक के बाद दूसरी तस्वीर बनाती जाती थी, हर तस्वीर पहली तस्वीर से ज़्यादा अश्लील थी और सब तस्वीरें दिखा रही थीं कि मेरी अनुपस्थिति में मेरी पत्नी ने क्या-क्या किया था, किस तरह मुझे धोखा दिया था। मैं गुस्से और क्षोभ की आग में जल रहा था और इन तस्वीरों पर सोच-विचार करने से मेरे मन में अपमान की जो भावना पैदा हुई थी, उसमें मुझे एक प्रकार का रस मिल रहा था। मैं उन तस्वीरों को न दूर कर सकता था, न उनसे अपनी नज़रें हटा सकता था। उन्हें मन में बनाए बगैर भी नहीं रह सकता था। इन काल्पनिक तस्वीरों के बारे में मैं जितना ज़्यादा सोचता था, उतना ही मुझे उनकी वास्तविकता में विश्वास होता जाता था। जितने स्पष्ट रूप में वे तस्वीरें मेरे मन में उभर रही थीं, वह मुझे इस बात का सबूत मालूम होता था कि मेरी कल्पनाओं में सचाई है। मेरी इच्छा-शक्ति के विरुद्ध कोई शैतान मेरे कानों में बहुत भयंकर कल्पनाओं के बारे में फुसफुसा रहा था और उन्हें ईजाद करता जा रहा था। मुझे याद आया, बहुत बरस पहले त्रूखाचेव्स्की के भाई के साथ मेरी एक बातचीत हुई थी और इस बातचीत की स्मृति से अपने दिल को चीरने में मुझे एक रुग्ण हर्षोन्माद का अनुभव हो रहा था, मैं इस बातचीत को संगीतकार और अपनी पत्नी पर लागू कर रहा था।

"यह बात बहुत बरस पहले की है, लेकिन मुझे अच्छी तरह याद है। जब मैंने त्रूखाचेव्स्की के भाई से पूछा कि वह चकलों में जाता है या नहीं। जवाब में उसने कहा था कि कोई शरीफ आदमी ऐसी जगह नहीं जाएगा, जहां उसे छूत लगने का डर हो, जहां का वातावरण प्रायः गंदा और नीचतापूर्ण हो। और फिर ज़रूरत भी क्या है, जब उसे हमेशा कोई न कोई शरीफ औरत मिल सकती हो। और देखो—उसके भाई को मेरी पत्नी मिल गई थी! यह सच है कि उसके यौवन में उतनी ताज़गी नहीं, बाईं तरफ का एक दांत टूटा हुआ है और वह कुछ मोटी भी है,' 'मैंने उसकी तरफ से दलील दी, 'लेकिन क्या किया जाए; जो मिलता है, उसे कबूल करना चाहिए।' मैंने मन ही मन कहा, 'हां, वह मेरी पत्नी को रखेल बनाकर उसपर मेहरबानी कर रहा है। फिर उससे उसे छूत का कोई खतरा भी नहीं है।' मेरे मन में ग्लानि पैदा हुई, मैंने अपने-आपसे कहा, 'यह तुम क्या कह रहे हो? ऐसी बात खयाल में भी नहीं लानी चाहिए! कभी नहीं! ऐसी कोई बात नहीं हुई। ऐसा सोचने के लिए तुम्हारे पास कोई आधार नहीं। उसने खुद तुमसे नहीं कहा था कि ऐसे आदमी से ईर्ष्या करना तुम्हारे लिए अशोभनीय है? हां, लेकिन वह झूठ बोल रही थी!' मैं मन ही मन चिल्लाया, वे विचार फिर शुरू हो गए...

"हमारे डिब्बे में सिर्फ दो और मुसाफिर थे—एक बुढ़िया और उसका पति। दोनों निहायत खामोश थे। एक स्टेशन पर वे उतर गए और मैं अकेला रह गया। मैं पिंजरे में बन्द जानवर की तरह था। कभी मैं कूदकर खिड़की के पास जाता, कभी डिब्बे में चहलकदमी करने लगता, जैसे इस तरह ट्रेन की रफ्तार तेज़ हो जाएगी। लेकिन ट्रेन अपनी खिड़कियों के साथ हिलती-डुलती अपनी रफ्तार से चल रही थी जिस तरह इस वक्त हमारी ट्रेन चल रही है।"

पोज़्दनिशेव उछलकर खड़ा हो गया और एक-दो चक्कर काटकर फिर बैठ गया।

"मुझे रेल के डिब्बों में सफर करने से डर लगता है, भयंकर डर लगता

है। हां, वे मुझे हमेशा खौफनाक मालूम होते हैं।" वह कहता गया, "मैं अपने-आपसे कहता रहा, 'मुझे किसी और चीज़ के बारे में सोचना चाहिए—मिसाल के लिए उस सराय के बारे में, जहां मैंने दोपहर का खाना खाया था...' और मेरे सामने दाढ़ीवाले पोर्टर और उसके नन्हे पोते की शक्ल आ जाती थी जो मेरे वास्या की ही उम्र का था...'मेरा वास्या! जल्द ही किसी दिन वह देखेगा कि संगीतकार उसकी मां को चूम रहा है। बेचारे बच्चे को कितनी तकलीफ होगी! लेकिन मां की बला से! उसे तो प्यार हो गया है...!' और फिर वही बात...'नहीं-नहीं, मैं स्थानीय अस्पताल के मुआइने के बारे में सोचूंगा। वह मरीज़ किस तरह डाक्टर की शिकायत कर रहा था! डाक्टर की मूंछों त्रूखाचेव्स्की की मूंछों जैसी थीं। कैसी गुस्ताखी से उसने—और मेरी पत्नी ने भी—मुझे यह कहकर धोखा दिया कि वह जा रहा है!' और फिर वही तस्वीरें बननी शुरू हुईं। हर चीज़, जिसके बारे में मैं सोचता था, मुझे लौटाकर उसी संगीतकार के पास ले जाती थी। मुझे भयंकर दुःख हो रहा था। सबसे ज़्यादा दुःख अपने अज्ञान, संदेहों, अनिश्चय और इस वजह से हो रहा था कि मैं यह नहीं जानता था कि मुझे अपनी पत्नी से प्यार करना चाहिए या नफरत। मेरी यंत्रणा इतनी अधिक थी कि मुझे याद है कि मैंने इस विचार का भी स्वागत किया था कि मैं डिब्बे से उतरकर रेल की पटरी पर लेट जाऊं, ताकि सारा किस्सा खत्म हो जाए। कम से कम तब मुझे संदेह और अनिश्चय तो नहीं सताएंगे। सिर्फ आत्मदया के भाव ने मुझे ऐसा न करने दिया। इसके बाद मेरे मन में अपनी पत्नी के लिए नफरत पैदा होती गई। उस आदमी के लिए नफरत मेरे अपने अपमान और उसकी जीत की भावना के साथ मिली हुई थी ; पत्नी के लिए मेरे दिल में सिर्फ नफरत थी, एक भयंकर नफरत। मुझे आत्महत्या करके उसे खुली छूट नहीं देनी चाहिए। उसे भी दुःखी करना चाहिए, ताकि वह समझ सके कि मुझे क्या-क्या झेलना पड़ा है।' मैं अपने-आपसे कहता। हर स्टेशन पर मैं अपना ध्यान बंटाने के लिए ट्रेन से उतर जाता था। एक स्टेशन के रेस्त्रां में मैंने कुछ लोगों को शराब पीते हुए देखा, और मैंने खुद अपने लिए

भी बोद्का मंगवाई। मेरे पास एक यहूदी खड़ा था, उसने भी शराब पी और वह मेरे साथ बातें करने लगा। डिब्बे के एकान्त से बचने के लिए मैं उसके गंदे, धुएं से भरे तीसरे दर्जे के डिब्बे में चला गया, जिसके फर्श पर सूरजमुखी के बीजों के छिलके बिखरे पड़े थे। मैं उसकी बगल में बैठ गया। वह बहुत-सी बातों के बारे में बोलता चला जा रहा था और उसने मुझे कई लतीफे सुनाए। मैं सुन रहा था, लेकिन उसकी बातें मेरी समझ में नहीं आ रही थीं, क्योंकि मेरे दिमाग में अपने ही ख्याल चक्कर काट रहे थे। उसने यह देखा और आग्रह किया कि मैं इसकी बातों को ज़्यादा ध्यान से सुनूं। मैं उठकर अपने डिब्बे में चला गया। मैंने अपने-आपसे कहा, 'मुझे फिर से सारे मामले पर गौर करना चाहिए। मुझे जानना चाहिए कि मैं जो सोच रहा हूं, क्या वह सही है और मेरी मानसिक यन्त्रणा का कोई सही कारण भी है या नहीं।' मैं ठंडे दिमाग से सारी बातें सोचने के लिए बैठ गया, लेकिन ठंडे दिमाग से सोचने की बजाय वही सिलसिला फिर से शुरू हो गया। तर्कसंगत विचारों की बजाय—तस्वीरें और कल्पनाएं मन में उठने लगीं। 'पहले भी कितनी बार मुझे इस तरह सताया गया है!' मैंने ईर्ष्या के पहले दौरों को याद करते हुए अपने से कहा, 'और हर बार मेरा सन्देह गलत निकला। इस बार भी मेरा ख्याल है, मेरा विश्वास है कि मैं अपनी पत्नी को शान्तिपूर्वक अपने बिस्तर में सोया देखूंगा। वह जग जाएगी और मुझे देखकर बड़ी खुश होगी। उसके शब्द और निगाहें मुझे बताएंगे कि मेरे पीछे कुछ नहीं हुआ और ये सब बेसिर-पैर की कल्पनाएं हैं। ओह, कैसी शानदार बात होगी!' 'नहीं, बहुत बार तुम्हारे संदेहों का अन्त इस प्रकार हो चुका है। इस बार कुछ और होगा।' दूसरी आवाज़ कहती और फिर से सारा सिलसिला शुरू हो जाता। हां, यही सज़ा तो मैं भुगत रहा था। नौजवानों की कामुकता दूर करने के लिए मैं उन्हें सिफलिस के बीमारों के अस्पताल में ले जाने की बजाय उन्हें अपनी आत्मा की एक झलक दिखाऊंगा, ताकि वे उन राक्षसों को देख सकें, जो मेरी आत्मा के टुकड़े कर रहे हैं। भयंकर बात तो यह थी कि मैं अपनी पत्नी के शरीर पर शंकारहित और पूरे स्वामित्व का दावा इस

तरह कर रहा था जैसे वह मेरा अपना शरीर हो, साथ ही मुझे एहसास हुआ कि मैं उसके शरीर पर अधिकार जमाने में असमर्थ था, वह मेरा नहीं था, और वह अपनी मर्ज़ी से अपने शरीर को इस्तेमाल कर सकती थी, और वह ऐसे ढंग से इस्तेमाल कर रही थी, जो मैं नहीं चाहता था, और मैं उन दोनों में से किसीका कुछ नहीं बिगाड़ सकता था। एक गीत के नायक—बार्डर वान्का की तरह वह फांसी के तख्ते पर जाते हुए मेरी पत्नी के चुम्बनों का गीत गाएगा। मरकर भी वह मुझे नीचा दिखाएगा। अगर मेरी पत्नी ने अभी तक गुनाह नहीं किया, तो वह करना चाहती है, और मुझे यह पता था, इसलिए मामला और भी बिगड़ गया था : बेहतर होता अगर वह पहले से ही यह सब कर चुकी होती और मुझे यह पता होता, और तब संदेह की गुंजाइश न रह जाती। मैं जो चाहता था उसे कह नहीं सकता था। मैं चाहता था, वह उस चीज़ की ख्वाहिश न करे, जिसकी ख्वाहिश किए बगैर वह नहीं रह सकती थी। यह सब निरा पागलपन था।

26

"आखिरी स्टेशन से पहले, जहां कंडक्टर हमारी टिकटें लेने आया, मैं अपना बैग उठाकर ब्रेक-प्लेटफार्म पर चला गया। इस चेतना ने कि में करीब-करीब वहां पहुंच गया हूं, और 'परिणति' निकट है, मेरी उत्तेजना को और भी बढ़ा दिया। मेरा शरीर ठंडा पड़ गया, मुझे कंपकंपी होने लगी और दांत किटकिटाने लगे। मैंने एक गाड़ी मंगवाई और उसमें बैठकर रवाना हो गया। गाड़ी में बैठा-बैठा में सड़कों पर चलते इक्के-दुक्के लोगों को, यार्ड के पोर्टरों को, सड़कों के लैम्पों की परछाइयों को, जो कभी मेरी गाड़ी के आगे, कभी पीछे नज़र आती थीं, शून्यभाव से देख रहा था। करीब एक-तिहाई मील तय करने के बाद मुझे अपने पैरों में सर्दी महसूस हुई और मुझे याद आया कि मैंने

अपने ऊनी मोज़े ट्रेन में उतारकर अपने थैले में रख दिए थे। मेरा थैला कहां था? यहां? हां। और मेरी टोकरी? मैं अपने सामान के बारे में एकदम भूल गया था, लेकिन अब मुझे उसका ख्याल आया था और सामान की रसीद भी मुझे मिल गई थी। मैंने सोचा कि सामान इतना ज़रूरी नहीं, जिसे लेने के लिए मैं लौटकर स्टेशन जाऊं, और मैंने अपना सफर जारी रखा।

"बहुत कोशिश करने पर भी मैं उस वक्त की अपनी हालत को याद नहीं कर सकता। मैं क्या सोच रहा था? क्या चाहता था? मुझे इसके सिवा कुछ याद नहीं कि मुझे किसी ऐसी भयंकर घटना का पूर्वाभास हो रहा था जो फौरन घटनेवाली थी और जिसके बहुत बड़े नतीजे निकलनेवाले थे। यह घटना, जिसके बहुत बड़े नतीजे निकले, मेरे इरादों की वजह से घटी या मेरे पूर्वाभास की वजह से, यह मैं नहीं जानता। या शायद मेरा दिमाग शून्य था और मैंने बाद में जाकर कल्पना की कि उस वक्त मेरे दिमाग में ऐसे निराशापूर्ण विचार आ रहे थे।

"गाड़ी फाटक पर पहुंची। सुबह का एक बजा था। घर के सामने बहुत-सी गाड़ियां खड़ी थीं। घर की खिड़कियों में से आती हुई रोशनी से गाड़ीवानों को सवारियां मिलने की उम्मीद थी (ये बत्तियां हमारे फ्लैट में जल रही थीं—ड्राइंग-रूम और रिसेप्शनरूम में)। बिना इस बात पर ताज्जुब किए कि इतनी रात भला हमारे घर की खिड़कियों में रोशनी क्यों हो रही है, मैं ज़ीना पार करके ऊपर पहुंचा और मैंने घंटी का बटन दबाया, अभी भी मुझे लग रहा था कि कोई खौफनाक बात होनेवाली है। हमारे अर्दली—मेहरबान, बेवकूफ, मेहनती ईगोर—ने दरवाज़ा खोला। सबसे पहले मेरी नज़रें 'उसके' कोट पर गईं, जो दूसरे गर्म कोटों के साथ गैलरी में टंगा था। मुझे हैरानी होनी चाहिए थी, लेकिन नहीं हुई। मुझे तो जैसे यही उम्मीद थी। मैंने अपने-आपसे कहा, 'तो मेरा अनुमान ठीक था।' जब मैंने ईगोर से पूछा कि घर में कौन है, तो उसने जवाब दिया—त्रूखाचेव्स्की है। मैंने पूछा कि क्या कोई और मेहमान भी है?

" कोई नहीं, जनाब।' उसने जवाब दिया।

"मुझे याद है, उसने किसी खुशी के अन्दाज़ में यह बात कही थी, मानो वह मेरे इस डर को दूर करने के लिए उत्सुक हो कि वहां कोई और भी था। 'कोई नहीं ! आह !' मैंने अपने-आपसे कहा।

और बच्चे ?'

"खुदा की मेहरबानी है, सब ठीक-ठाक हैं। वे बहुत देर से सोए हुए हैं।"

"मैं मुश्किल से सांस ले पा रहा था और मेरे होंठ बुरी तरह से कांप रहे थे। 'तो इस बार मामला दूसरा है। और बार मैं मुसीबत की उम्मीद करता रहा, लेकिन वह नहीं आई। सब कुछ ठीक रहा। इस बार कुछ गड़बड़ है। मुसीबत आ गई है। यह देखो...'

"मैं शिथिल होकर वहीं गिरने लगा लेकिन कोई शैतान मेरे कान में फुसफुसाया, 'क्या ? क्या तुम रो-रोकर बावले हो जाओगे, जबकि वे बड़े आराम से एक-दूसरे से विदा लेंगे और उनके गुनाह का कोई सबूत नहीं रह जाएगा ? क्या तुम चाहते हो कि हमेशा तुम इसी तरह संदेह करते रहो और यंत्रणा सहते जाग्रो ?' और उसी क्षण आत्मदया लुप्त हो गई और उसकी जगह एक नई भावना ने ले ली। आप यकीन नहीं करेंगे, लेकिन यह आनन्द की भावना थी और मैं सोच रहा था कि आखिरकार मेरी यंत्रणाएं खत्म हो गई हैं, और अब मैं अपनी पत्नी को सज़ा दे सकूंगा, उससे अब छुटकारा पा सकूंगा, अपने क्रोध को व्यक्त कर सकूंगा। और मैंने अपने क्रोध को व्यक्त भी किया, मैं हैवान बन गया, एक खूंख्वार और मक्कार हैवान !

"रुको।' मैंने ईगोर से कहा, जो ड्राइंग-रूम में जाने के लिए मुड़ रहा था, 'यह लो रसीद और स्टेशन से मेरा सामान ले आओ। दरवाज़े पर एक गाड़ी खड़ी है।'

"वह अपना कोट लेने के लिए हाल में गया। इस डर से कि कहीं उसके जाने से वे दोनों चौकन्ने न जाएं, मैं उसके साथ उसके कमरे में गया और उसके कोट पहनने तक वहीं रुका रहा। रिसेप्शनरूम से, जो ड्राइंग-रूम से आगे था, बातचीत की आवाज़ें, छुरियों और प्लेटों की खनखनाहट सुनाई दे रही

थी। वे खाना खा रहे थे और उन्होंने दरवाज़े की घंटी की आवाज़ नहीं सुनी थी। 'काश, वे इस वक्त बाहर न निकलें!' मैंने सोचा। ईगोर ने अस्त्राखान के कालरवाला कोट पहना और बाहर चला गया। मैं दरवाज़े तक उसके साथ गया और उसके जाने के बाद मैंने दरवाज़ा बन्द करके ताला लगा दिया। अपने-आपको अकेला पाकर और यह सोचकर कि मुझे कुछ करना चाहिए, मेरे मन में आतंक छा गया। मैं सिर्फ यही जानता था कि अब सब कुछ खत्म हो गया था और मेरी पत्नी के निर्दोष होने का कोई सवाल ही नहीं उठता था, अब उसे सज़ा देने का और उसके साथ अपने सम्बन्धों को खत्म करने का वक्त आ गया था।

"पहले मैं हमेशा हिचकिचाता था और अपने-आपसे कहता था, 'शायद यह सच नहीं, शायद मुझे गलतफहमी हो गई है। 'अब मेरे दिल में कोई हिचकिचाहट नहीं थी, मुझे पूरी तरह यकीन हो गया था—'वह उस आदमी के शाथ रात के वक्त अकेली है! सो भी मेरी अनुपस्थिति में! उसने सतर्कता को भी तिलांजलि दे दी है। या इससे भी बुरी बात है! यह गुनाह करने में ऐसी लापरवाही—हो सकता है जान-बूझकर निर्दोष होने का सबूत देने के लिए यह धृष्टता दिखाई गई हो। अब कोई शक नहीं!' मुझे डर सिर्फ एक बात का था, कि वे कहीं अब भी भागकर न निकल जाएं, मेरे हाथ से सबूत छीनने के लिए कोई नई चाल न सोच लें, ताकि मुझे उन्हें सज़ा देने का मौका न मिल सके। इसीलिए उन्हें जल्द से जल्द पकड़ने के लिए मैं पंजों के बल रिसेप्शन-रूम की तरफ गया जहां वे बैठे थे, ड्राइंग-रूम के रास्ते से नहीं, बल्कि हाल और नर्सरी में से होता हुआ।

"लड़के नर्सरी में सो रहे थे। धाय हिलने-डुलने लगी और करीब-करीब उठ बैठी। मैं कल्पना करने लगा कि जब सारी बात खुल जाएगी तो धाय क्या सोचेगी? इस विचार से मेरे भीतर आत्मदया का इतना ज्वार उठा कि मैं अपने आंसुओं पर काबू न रख सका। इस डर से कि कहीं बच्चे न जाग उठे, मैं पंजों के बल हाल के रास्ते से अपनी स्टडी में पहुंचा और धम्म से सोफे पर गिर गया

जहां मेरे उमड़ते हुए आंसू फूट पड़े।

" 'में एक ईमानदार आदमी हूं, अपने मां-बाप की तरह ; सारी ज़िन्दगी में एक सुखी परिवार के सपने देखता आया हूं; मैंने, उसके पति ने, कभी उसके साथ बेवफाई नहीं की, फिर भी वह पांच बच्चों की मां, एक संगीतकार से प्यार कर रही है, क्योंकि उस आदमी के होंठ लाल हैं। वह इन्सान नहीं है! वह कुतिया है, घृणित कुतिया! उसके बच्चे साथवाले कमरे में सो रहे हैं—उसके अपने बच्चे, जिन्हें प्यार करने का दम वह हमेशा भरती रही है! और उसने मुझे जो बात लिखी थी! फिर ऐसी बेहयाई से उस आदमी पर गिरना! लेकिन मुझे क्या पता? शायद वह हमेशा यही करती आई है। शायद वह चोबदारों के बच्चे जनती रही है, और उन्हें मेरे बच्चे बताती रही है। कल मैं घर लौटता और वह अपने बालों को खूबसूरत ढंग से बांधकर, अपनी दिलफरेब कमर, मोहक अदाओं से मेरा स्वागत करती (मुझे उसके खूबसूरत, घृणित चेहरे की हर खूबी दिखाई दे रही थी)!' और ईर्ष्या का हैवान फिर मेरे दिल में लौटकर बंद हो जाता और दिल के टुकड़े-टुकड़े कर देता। धाय और ईगोर क्या सोचेंगे? और बेचारी नन्ही लिज़ा? उसे परिस्थितियों का कुछ-कुछ ज्ञान अभी भी है। कैसी बेहयाई है! झूठ! वह पाशविक वासना, जिसे मैं अच्छी तरह जानता था!

" मैं उठना चाहता था, लेकिन उठ न सका। मेरा दिल इतनी ज़ोर से धड़क रहा था कि मैं अपने पैरों पर खड़ा भी नहीं हो सकता था। मैंने सोचा मुझे मिर्गी का दौरा पड़ेगा। वह मुझे मार डालेगी। यही तो वह चाहती है। क्या मैं उसे मार डालूं? ओह नहीं! यह तो बहुत ज़्यादा आसान है, मैं उसे इतनी आसानी से नहीं जाने दूंगा। लेकिन वे खा-पी रहे थे और हंस रहे थे और इधर मैं गुमसुम बैठा था—हां, उस आदमी को मेरी पत्नी के साथ सोने से गुरेज़ नहीं है—अगर वह इतनी तरोताज़ा नहीं है, तब भी नहीं।' जो भी हो, वह आकर्षक थी और सबसे बड़ी बात यह थी कि इस रिश्ते से उस आदमी की बेशकीमत सेहत को कोई खतरा न था। 'मैंने उसे उसी वक्त क्यों नहीं मार डाला?' मैंने अपने-आपसे पूछा, मुझे पिछले हफ्ते का वह झगड़ा याद आ रहा था, जब

मैंने उसे अपनी स्टडी से निकाल दिया था और इधर-उधर चीज़ें फेंकी थीं। उस वक्त मेरी जो हालत थी, उसकी याद मुझे अभी भी साफ थी—यह सिर्फ याद नहीं थी—इस वक्त चीज़ों को तोड़ने और नष्ट करने की वही ख्वाहिश मेरे दिल में पैदा हो गई थी। मुझे याद है, कुछ करने के लिए मैं कितना बेताब था; हर ऐसा ख्याल जिसका अमल से ताल्लुक नहीं था, मेरे दिल से निकल गया था। मैं उस जानवर या आदमी की सी हालत में था, खतरे की चेतना से जिसकी अनुभूतियां तेज़ हो। जाती हैं और जो ऐसी हालत में सटीक, बिना जल्दबाज़ी के और एक क्षण खाए बगैर आचरण करता है, हर चीज़ को एक निश्चित उद्देश्य को उपलक्ष्य बना देता है।

27

"सबसे पहला काम मैंने यह किया कि अपने बूट उतार और मोज़े पहनकर सोफे के पास गया, जहां दीवार पर कुछ हथियार लटक रहे थे। मैंने दमिश्क का एक खमदार खंजर उतारा, जिसे पहले कभी इस्तेमाल नहीं किया गया था। इसकी धार बहुत तेज़ थी। मैंने इसे म्यान में से निकाला, म्यान सोफे के पीछे गिर गया। मुझे याद है, मैं अपने से कह रहा था, 'मुझे बाद में म्यान को उठा लेना चाहिए, वरना यह गुम हो जाएगा।' फिर मैंने अपना कोट उतारा जो मैं अभी तक पहने हुए था, फिर मैं खाली मोज़े पहने, आवाज़ किए बिना बाहर चला गया।

"में धीरे-धीरे दरवाज़े पर पहुंचा और अचानक मैंने दरवाज़ा खोल दिया। उस वक्त उन दोनों के चेहरों पर जो भाव आया, वह मुझे अच्छी तरह याद है। इसलिए याद है, क्योंकि उसे देखकर मेरे दिल में सुखद यंत्रणा की एक टीस उठी थी। वह भाव खौफ का था। मैं भी यही चाहता था। मुझे देखकर क्षण-भर तक उनके चेहरों पर खौफ और निराशा का जो भाव कौंधा था, वह

मुझे आखिरी दम तक याद रहेगा। ऐसा लगा कि वह मेज़ के आगे बैठा था, लेकिन मुझे देखकर या मेरे आने की आवाज़ सुनकर वह फौरन खड़ा हो गया और किताबों की अलमारी से सटकर खड़ा हो गया। उसके चेहरे का भाव भी निस्संदेह खौफ का हो गया था। मेरी पत्नी के चेहरे पर भी खौफ छा गया था। लेकिन खौफ के साथ कुछ और चीज़ भी थी। अगर यह सिर्फ खौफ होता, तो शायद जो कुछ हुआ, वह न होता। उसके चेहरे पर (कम से कम उस पहले क्षण में मुझे यही लगा) निराशा और चिढ़ का भाव भी था कि उसके प्यार की रंगरेलियों और खुशी में खलल डाला गया है। लगता था कि वह सिर्फ क्षणिक सुख चाहती थी। उस आदमी के चेहरे पर फौरन खौफ की जगह प्रश्नसूचक भाव आ गया। 'क्या पति के सामने झूठ बोलना सम्भव है ? अगर है तो फिर मुझे बात शुरू करनी चाहिए, अगर नहीं तो कुछ होनेवाला है। लेकिन क्या ?' वह प्रश्नसूचक दृष्टि से मेरी पत्नी की तरफ देखने लगा। उससे नज़रें मिलते ही मेरी पत्नी के चेहरे पर निराशा और चिढ़ की जगह उस आदमी के लिए चिन्ता का भाव आ गया, कम से कम मैंने तो यही सोचा।

"क्षण-भर के लिए मैं खंजर को पीठ के पीछे छिपाकर दरवाज़े के बीचोबीच खड़ा रहा। उसी क्षण वह आदमी मुस्कराकर बड़ी लापरवाही के अन्दाज़ में बोला, जो एकदम हास्यास्पद बन गया :

" 'हम कुछ संगीत बजा रहे थे...'

" 'तुम अचानक कैसे आ गए... ?' फौरन मेरी पत्नी ने उस आदमी के लहजे की नकल करते हुए कहा।

"लेकिन मैंने उन दोनों में से किसीको बात पूरी करने का मौका नहीं दिया। पिछले हफ्ते मुझे जिस किस्म का गुस्सा आया था, वही इस वक्त भी आ रहा था। फिर मेरे दिल में तोड़-फोड़ और तबाही मचाने की ख्वाहिश जाग उठी थी, मेरे ऊपर पागलपन सवार हो गया था और मैंने अपने-आपको उस पागलपन के हवाले कर दिया था।

"दोनों में से किसीको बात पूरी करने का मौका नहीं मिला। उस आदमी

को जिस बात का डर था वही बात हो रही थी, वह बात जिसने फौरन उनकी बात को बीच में काट दिया था। मैं खंजर छिपाकर उसके ऊपर झपटा, ताकि वह आदमी मुझे उसके बायें सीने के नीचे खंजर भोंकने से न रोक सके। शुरू से ही मैंने यह जगह चुन ली थी। ज्योंही में उसपर झपटा, वह मेरा इरादा भांप गया। उसने मेरी बांह पकड़ ली। मैं इस बात के लिए तैयार नहीं था।

" 'ज़रा सोचो, तुम क्या कर रहे हो! कोई मदद करो!' वह चिल्लाया।

"मैं अपनी बांह को छुड़ाकर उसके ऊपर झपटा। हमारी नज़रें आपस में टकरा गईं। उसका चेहरा अचानक होंठों तक चादर की तरह सफेद पड़ गया, एक खास किस्म की चमक उसकी आंखों में आ गई। वह प्यानो के नीचे घुस गया और दरवाज़े की तरफ भागा। वह ऐसा करेगा, इसकी उम्मीद भी मुझे नहीं थी। मैं उसका पीछा करता, लेकिन मेरी बायीं बांह पर कोई भारी वज़न लटक रहा था। यह मेरी पत्नी थी। मैंने अपने-आपको छुड़ाने की कोशिश की। उसने मेरी बांह और भी ज़्यादा कसके पकड़ ली और मुझे नहीं जाने दिया। इस अप्रत्याशित रुकावट ने, मेरी बांह पर उसके वज़न ने, उसके घृणित स्पर्श ने मेरे गुस्से को और भी ज़्यादा भड़का दिया। मेरे ऊपर पूरी तरह से पागलपन सवार हो गया। मैं जानता था कि मेरी सूरत खौफनाक हो गई थी। मुझे इस बात की खुशी थी। मैंने पूरी ताकत लगाकर अपनी बांह छुड़ा ली और अपनी कोहनी से उसके चेहरे पर प्रहार किया। वह चीख पड़ी और उसने मेरी बांह छोड़ दी। मैं उस आदमी के पीछे भागना चाहता था, फिर अचानक मेरे मन में यह विचार कौंधा कि मोज़े पहनकर अपनी पत्नी के प्रेमी के पीछे भागना कितना हास्यास्पद होगा! मैं हास्यास्पद नहीं बनना चाहता था, मैं खौफनाक बनना चाहता था। अपने पागलपन की हालत के बावजूद, मुझे इस बात का पूरा एहसास था कि उन दोनों के ऊपर मेरा क्या असर पड़ रहा था और कुछ सीमा तक मेरा व्यवहार इसी असर से निर्धारित हो रहा था।

"मैंने उसकी तरफ पीठ की। वह सोफे पर गिर पड़ी थी और आंखें फाड़कर मेरी तरफ देख रही थी। अपने एक हाथ से वह उस आंख को ढंके

हुए थी, जिसपर मैंने कोहनी से चोट की थी। उसके चेहरे से डर और मेरे प्रति नफरत टपक रही थी—मैं उसका दुश्मन था। यह भाव उस चूहे के भाव की तरह था, जब कोई उस चूहेदानी को उठा लेता है जिसमें वह बन्द हो। कम से कम मुझे तो उसके चेहरे पर डर और नफरत के अलावा और कोई चीज़ नहीं दिखाई दी। मेरे प्रति यह डर और नफरत, दूसरे के प्रति प्यार ने ही जगाई होगी। लेकिन अगर वह खामोश रहती तो शायद मैं अपने ऊपर काबू पा लेता और वह काम न करता जो मैंने किया। लेकिन अचानक उसने बोलना और खंजरवाले हाथ को पकड़ना शुरू किया।

" 'ज़रा सोचो तो सही तुम क्या कर रहे हो! यह सब क्या है? तुमपर कौन-सी वहशत सवार हुई है? हम दोनों के बीच ऐसी-वैसी कोई बात नहीं, कोई बात नहीं, कोई बात नहीं! मैं कसम खाकर कहती हूं!'

"हो सकता था कि मैं अभी भी हिचकिचाता, लेकिन उन शब्दों ने, जिनका अर्थ मेरे लिए बिलकुल उलटा था, अर्थात् उन दोनों के बीच 'कुछ' था, मेरे भीतर एक ऐसी प्रतिक्रिया जगा दी जो मेरी उस मनःस्थिति के अनुकूल थी जो मैंने अपने भीतर पैदा की थी और जिसने बढ़कर अंतरा का रूप धारण कर लिया था और तब तक उसका बढ़ना लाज़िमी था जब तक वह अपने चरमबिन्दु पर न पहुंच जाती। पागलपन के भी अपने नियम होते हैं।

" 'झूठ मत बोल, गन्दी औरत!' मैं चिल्लाया और मैंने उसे अपने बायें हाथ से पकड़ लिया। लेकिन वह अपने को छुड़ाकर भाग गई। खंजर गिराए बगैर, मैंने बायें हाथ से उसका गला पकड़ा और ज़मीन पर पटककर उसका गला घोंटने लगा। उसके गले में कितना ज़ोर था! उसने अपनी गर्दन से दूर हटाने के लिए मेरा हाथ पकड़ा और फिर जैसे मैं इसीकी इन्तज़ार में था, मैंने पूरी ताकत के साथ खंजर उसके शरीर के बायें हिस्से में भोंक दिया।

"लोग कहते हैं कि गुस्से के पागलपन में उन्हें अपनी किसी हरकत का अहसास नहीं रहता। यह कोरी बकवास है, झूठ है! मुझे हर चीज़ का एहसास था और क्षण-भर के लिए भी वह दूर नहीं हुआ। मेरे गुस्से से जितनी ज़्यादा

भाप पैदा होती थी, मेरे विवेक की दीप्ति भी उतनी ही प्रखर होती जाती थी। इसलिए अपने हर काम का एहसास न हो सकना नामुमकिन था। मुझे हर क्षण पता था कि मैं क्या कर रहा हूं। मैं यह नहीं जान सकता कि मैं बाद में क्या करूंगा, इसका भी ज्ञान मुझे था। लेकिन उस क्षण मैं क्या कर रहा था यह मैं अच्छी तरह जानता था और मुझे कुछ पहले से यह भी पता था; शायद इसलिए कि मैं बाद में पश्चात्ताप कर सकूं कि मैं अगर चाहता तो अपना हाथ रोक सकता था। मुझे पता था कि मैं उसकी पसलियों के नीचे खंजर भोंक रहा हूं और खंजर उस जगह जाकर लगेगा। मुझे पूरी तरह पता था कि मैं एक घृणित काम कर रहा हूं—ऐसा काम जैसा मैंने कभी नहीं किया और जिसके नतीजे बड़े खौफनाक होंगे। लेकिन यह चेतना बिजली की तरह मेरे मन में कौंध गई थी और इसके फौरन बाद ही मैं वह काम कर बैठा था। उस काम की असलियत मेरे सामने आश्चर्यजनक रूप से स्पष्ट हो गई थी। मुझे याद है कि क्षण-भर के लिए उसकी कॉर्सेट और किसी और चीज़ ने रुकावट डाली, फिर खंजर की धार नर्म गोश्त में घंस गई। उसने अपने हाथ से खंजर पकड़ लिया, उसके हाथ ज़ख्मी हो गए, लेकिन उसने खंजर को रोका नहीं। बाद में जब मैं जेल में था और मेरे अन्दर जो नैतिक परिवर्तन आया, उसके बाद मैंने इस क्षण पर बहुत सोचा, इसे बार-बार याद किया और इसके अर्थ की गहराई में जाने की कोशिश की। मुझे याद है कि इस काम को करने से एक सेकण्ड पहले, एक संक्षिप्त सेकण्ड पहले मेरे भीतर यह खौफनाक एहसास पैदा हुआ था कि मैं एक औरत को एक अरक्षिता को मार रहा हूं, जो मेरी पत्नी है; मार रहा नहीं बल्कि मार चुका हूं। मुझे याद है, इस एहसास से मेरे अन्दर कितनी ग्लानि पैदा हुई थी। मुझे इस बात की भी अस्पष्ट याद है कि खंजर भोंकने के बाद मैंने फौरन बाहर निकाल लिया था, मैंने जो किया था उसे रद्द करने के लिए। एक सेकण्ड तक मैं निश्चल खड़ा रहा, शायद यह देखने के लिए कि आगे क्या होगा; मुझे ताज्जुब हो रहा था कि जो काम हो गया है वह रद्द क्यों नहीं हो सकता। वह उछलकर खड़ी हो गई और चिल्लाई:

" 'धाय! देखो इसने मेरी हत्या कर दी है!'

" धाय इस शोरगुल को सुनकर जाग उठी थी और दरवाज़े में खड़ी थी। मैं वहां खड़ा इन्तज़ार करता रहा, मुझे अपनी आंखों पर यकीन नहीं हो रहा था। उसकी कॉर्सेट के भीतर से खून के फव्वारे निकलने लगे। तभी मुझे एहसास हुआ कि मैं ने जो किया है वह रद्द नहीं हो सकता। मैंने उसी क्षण फैसला किया कि उसे रद्द नहीं होना चाहिए, मैं यही चाहता था और यही होना चाहिए। मैं वहीं खड़ा रहा और जब वह गिर पड़ी और धाय 'या मेरे खुदा!' कहती हुई उसके पास आई, तब जाकर कहीं मैंने खंजर फेंका और दरवाजे की तरफ भागा।

" 'मुझे उत्तेजित नहीं होना चाहिए। ठंडे दिमाग से सोचना चाहिए कि मैं क्या कर रहा हूं।' मैंने मन ही मन कहा।

"उसकी या धाय की तरफ देखने से मैंने इन्कार कर दिया। धाय विलाप करने लगी और उसने नौकरानी को आवाज़ दी। मैंने हाल में जाकर नौकरानी को धाय के पास भेजा और अपने कमरे में चला गया। मैंने अपने से पूछा, 'अब मुझे क्या करना चाहिए?' इसका जवाब मुझे मालूम था। अपनी स्टडी में पहुंचकर मैं सीधा दीवार के पास गया। मैंने एक रिवाल्वर उतारकर उसकी जांच की—उसमें कारतूस भरे थे। मैंने रिवाल्वर लिखने की मेज़ पर रख दिया। फिर मैंने खंजर की म्यान उठाई, जो सोफे के नीचे गिर पड़ी थी और सोफे पर बैठ गया।

"मैं वहां बहुत देर तक बैठा रहा। मेरे दिमाग में कोई ख्याल नहीं आ रहा था, न ही मुझे कोई चीज़ की याद आ रही थी। दूसरे कमरों से आता हुआ शोर मैंने सुना। कोई गाड़ी आकर मकान के आगे खड़ी हुई और कोई घर में दाखिल हुआ। फिर कोई और आया। मैंने देखा, ईगोर मेरा सामान लेकर मेरे कमरे में आया। मैंने उसे देखा। जैसे अब मुझे सामान की ज़रूरत रह गई थी!

" 'जानते हो क्या हो गया है। यार्ड-पोर्टर से कह दो वह पुलिस को खबर कर दे।' मैंने कहा।

"वह बिना कुछ कहे बाहर चला गया। मैं उठा। मैंने दरवाज़ा बन्द किया,

एक सिगरेट और माचिस की कुछ तीलियां निकालीं और सिगरेट पीने लगा। मैंने अभी एक भी सिगरेट नहीं पिया था कि मुझे नींद आ गई। मैं दो घंटे सोया होऊंगा। मुझे याद है, सपने में मैंने देखा था कि मेरी पत्नी के साथ मेरे सम्बन्ध फिर मैत्रीपूर्ण हो गए थे; हमारा झगड़ा हुआ था और फिर सुलह हो गई थी; हमारे बीच एक खास तनाव था, लेकिन हमारे सम्बन्ध मैत्रीपूर्ण थे। जब किसीने दरवाज़ा खटखटाया तो मेरी नींद खुल गई। जगने पर मैंने सोचा, 'पुलिस आई होगी। लगता है मैंने उसे मार डाला होगा। लेकिन शायद मेरी पत्नी आई हो और कोई घटना न घटी हो।' फिर किसीने दरवाज़ा खटखटाया। मैंने कोई जवाब न दिया। मैं यह तय करने में व्यस्त था कि सचमुच वह घटना हुई भी थी या नहीं। हां, हुई थी। मुझे उसकी कॉसेंट की रुकावट की, खंजर के शरीर में घंसने की याद आई और मुझे अपनी रीढ़ पर नीचे और ऊपर जाती हुई ठंडक महसूस हुई। 'हां, वह घटना हुई है। अब मेरी बारी है।' मैंने कहा; लेकिन यह कहते वक्त भी मैं जानता था कि मैं आत्महत्या नहीं करूंगा। फिर मैं उठा और मैंने रिवाल्वर उठा लिया। और एक अजब बात हुई: मुझे याद आया कि मैंने पहले कितनी बार आत्महत्या की बात सोची थी, उस दिन ट्रेन में भी सोची थी। तब यह आसान बात मालूम होती थी—आसान इसलिए क्योंकि मैं जानता था कि इससे मेरी पत्नी को कैसी सज़ा मिलेगी! अब मैं आत्महत्या का विचार तक मन में नहीं ला सकता था, करना तो दूर रहा। मैंने अपने-आपसे पूछा, 'मैं आत्महत्या क्यों करूं?' इसका कोई जवाब न मिला। फिर किसीने दरवाज़ा खटखटाया। 'पहले देखूं, कौन दरवाज़ा खटखटा रहा है। आत्महत्या तो मैं बाद में भी कर सकता हूं।' मैंने रिवाल्वर रख दिया और उसे एक अखबार से ढक दिया। दरवाज़े के पास जाकर मैंने सिटकनी हटाई। बाहर मेरी पत्नी की बहिन खड़ी थी; वह एक मूर्ख, दयालु विधवा थी।

" 'वास्या! क्या हो गया है?' उसने कहा और उसकी आंखों के आंसू, जो हमेशा तैयार रहते थे, बह निकले।

" 'क्या काम है?" मैंने रूखे स्वर में पूछा। मैंने देखा कि बदतमीज़ी से

पेश आना बेवकूफी थी और उसकी ज़रूरत भी नहीं थी। लेकिन मैं लाचार था।

" 'वास्या, वह मर रही है! ईवान फ्योदोरोविच ने कहा है।' ईवान फ्योदोरोविच डाक्टर था, मेरी पत्नी का डाक्टर, और सलाहकार।

"अच्छा तो वह यहां है?' मैंने पूछा। मेरा गुस्सा फिर भड़क रहा था। 'अच्छा तो फिर क्या हुआ?'

" 'वास्या, उसके पास जाग्रो। ओह, कैसी भयंकर बात है!' वह सिसक उठी।

" 'उसके पास जाऊं?' मैंने मन ही मन दोहराया। और मैंने जवाब दिया कि ज़रूर मुझे उसके पास जाना चाहिए, ऐसी हालत में यही करना चाहिए। जब कोई आदमी अपनी पत्नी की हत्या कर डाले, जिस तरह मैंने कर डाली थी, तो उसका फर्ज़ है कि पत्नी के पास जाए। मैंने अपने-आपसे कहा, 'अगर ऐसी बात है, तो मुझे जाना ही चाहिए। अगर मुझे दूसरा काम करना ही है, तो उसके लिए बहुत वक्त पड़ा है।' मैं अपने-आपको पिस्तौल से मारने के इरादे के बारे में सोच रहा था, 'बातें होंगी, लोग मुंह बनाएंगे, लेकिन मुझे हाथ नहीं लगाएंगे।'

" मैंने उसकी बहिन से कहा, 'रुको। इस तरह मोज़े पहनकर अगर मैं जाऊंगा तो बेवकूफ नज़र आऊंगा। कम से कम मुझे स्लीपर तो पहन लेने दो।'

28

"और कैसी अजब बात थी, कमरे से बाहर निकलकर जब मैं घर के अति परिचित कमरों में से गुज़रा तो मेरे मन में उम्मीद जागी कि हमारे बीच कोई बात नहीं हुई। लेकिन दवाइयों की भयंकर गन्ध से मुझे ताज्जुब हुआ। आयडोफार्म, कारबोलिक एसिड! हां, यह घटना हुई थी। बच्चों के क्लास-रूम से निकलकर जब मैं हाल में पहुंचा तो मुझे लिज़ा दिखाई दी। उसने

भयभीत आंखों से मेरी तरफ देखा। यहां तक कि मुझे ऐसा लगा कि पांचों बच्चे वहां मौजूद थे और घूरकर मेरी तरफ देख रहे थे। मैं दरवाज़े के पास पहुंचा। नौकरानी ने मेरे लिए दरवाज़ा खोला और खुद बाहर चली गई। सबसे पहले मेरी नज़र जिस चीज़ पर पड़ी वह थी खून से सनी मेरी पत्नी की मोती जैसे सलेटी रंग की पोशाक, जो कुर्सी पर फेंक दी गई थी।

" हमारे बड़े पलंग पर, जिधर मैं सोता था, वह घुटने ऊपर उठाकर लेटी हुई थी। उसके सोने की जगह दीवार के साथ थी। उसके नीचे बहुत-से तकिये रख दिए गए थे। उसकी जाकेट के बटन खुले थे। ज़ख्म को ढक दिया गया था। सारी हवा में आयडोफार्म की गन्ध फैली हुई थी। सबसे ज़्यादा हैरानी मुझे उसके ज़ख्मी गाल, नाक के कुछ हिस्से और एक आंख को देखकर हुई, जो सूज गए थे—जब उसने मुझे रोकने की कोशिश की थी तो मैंने अपनी कोहनी से उसपर प्रहार किया था, यह उसीका नतीजा था। उसमें अब खूबसूरती का नामोनिशान तक नहीं रहा था, बल्कि अब वह घिनौनी दिखाई देती थी। मैं दहलीज़ पर ठिठक गया।

" 'आगे जाइए, उनके पास जाइए।' धाय ने कहा।

" 'शायद वह माफी मांगना चाहती है।' मैंने सोचा, क्या मैं उसे माफ कर दूं? हां, वह मर रही है, इसलिए मैं उसे माफ कर सकता हूं।' मैं सहृदय बनने का फैसला करके सीधा उसके पास गया। बड़ी मुश्किल से उसने अपनी आंखें ऊपर उठाईं, जिनमें से एक आंख सूजी हुई थी। बड़ी मुश्किल से रुक-रुककर उसने कहा :

" 'तो तुम्हारे दिल की मुराद पूरी हुई...तुमने मुझे मार डाला।' उसकी शारीरिक यंत्रणा में से, मौत के एहसास में से सर्द, पाशविक नफरत का पुराना और परिचित भाव टिमटिमा उठा, 'लेकिन मैं नहीं दूंगी...तुम्हें बच्चे...बच्चे उसे (उसकी बहिन को) मिलेंगे...'

"जिस बात को मैं असली बात समझता था—अपने गुनाह, अपनी धोखेबाज़ी की चर्चा तक करना उसने ज़रूरी नहीं समझा।

" 'मुझे उम्मीद है कि तुमने जो किया है उसे देखकर तुम्हें खुशी हो रही है।' वह बोली और फिर दरवाज़े की तरफ देखकर सिसकने लगी, जहां उसकी बहिन और बच्चे खड़े थे, 'देखो तुमने क्या किया है!'

" 'मैंने बच्चों की तरफ देखा, फिर उसकी तरफ, उसके घायल और सूजे हुए चेहरे की तरफ देखा और पहली बार मैं अपने को, अपने अधिकारों को, अहंकार को भूल गया। पहली बार मैंने उसे एक इन्सान के रूप में देखा। और मुझे अपनी ईर्ष्या और अहंकार पर चोट पहुंचानेवाली बातें इतनी क्षुद्र दिखाई दीं और अपनी करतूत इतनी भयंकर दिखाई दी कि मैं घुटने टेककर, उसके हाथ पर अपना सर रखकर यह कहने को तैयार हो गया कि मुझे माफ कर दो। लेकिन मैं ऐसा न कर सका।

" वह खामोश हो गई और उसने अपनी आंखें बन्द कर लीं। साफ ज़ाहिर था कि मुंह से एक भी शब्द बोलने की शक्ति उसमें नहीं रही थी। फिर उसका क्षत-विक्षत चेहरा कांपा और सिकुड़ गया। उसने मुझे धक्का देकर आंखों से दूर हटा दिया।

" 'तुमने ऐसा क्यों किया? क्यों?'

" 'मुझे माफ कर दो।' मैं बोला।

" 'माफ कर दूं? क्या बकवास है! काश, मैं मर न जाऊं!' अपने को ऊपर उठाकर और अपनी बौखलाईं नज़रें मुझपर गड़ाकर वह बोली, 'हां, तुम्हारे मन की मुराद पूरी हुई! मुझे तुमसे नफरत है। आह! ओह!' वह चिल्लाई। ज़ाहिर था कि बेसुधी में उसे किसी चीज़ से डर लग रहा था। 'मुझे मार डालो! मार डालो! मैं नहीं डरती! लेकिन सभीको, सभीको! उसे भी! वह चला गया है, वह चला गया है!'

" वह आखिरी वक्त तक बेसुध रही। उसने हममें से किसीको भी नहीं पहचाना। उसी दिन दोपहर को उसकी मृत्यु हो गई। उससे बहुत पहले, आठ बजे मुझे पुलिस हैडक्वार्टर में और बाद में जेल भेजा गया। वहां, ग्यारह महीनों तक, मुकद्दमे की इन्तज़ार के दौरान मैंने अपने बारे में, अपने अतीत के बारे में

गहराई से सोचा और दोनों की असलियत समझने लगा। समझ तो मुझे तीसरे दिन से ही आनी शुरू हो गई भी। उस दिन वे मुझे वहां ले गए थे..."

उसने बात जारी रखने की कोशिश की, लेकिन वह अपनी सिसकियों को न दबा सका। वह बीच में रुक गया। फिर बड़ी मुश्किल से अपने ऊपर काबू पाकर उसने बात शुरू की :

"उसे कफन में देखकर मुझे असलियत समझ में आने लगी।"

उसने सांस रोक ली और जल्दी-जल्दी बोलने लगा, "उसके मृत चेहरे को देखकर ही मुझे अपनी करतूत का एहसास हुआ कि उसकी हत्या करनेवाला मैं ही था। कभी उसका शरीर ज़िन्दा, गर्म और हिलता-डुलता था, और मेरी वजह से अब वह निश्चल, ठंडी और मोम की तरह हो गई थी। और इस चीज़ को कभी—कहीं, कोई भी रद्द नहीं कर सकता था। सिर्फ वही आदमी इस बात को समझ सकता है, जो इसमें से गुज़रा हो। ओह ! ओह ! ओह !" वह विलाप कर उठा। फिर खामोश हो गया।

बहुत देर तक हम बिना कुछ कहे बैठे रहे। दबी हुई सिसकियों से वह कांप रहा था और सुबक रहा था।

"मुझे माफ कर दीजिए..."

वह जाकर कम्बल ओढ़कर लेट गया। जब सुबह आठ बजे गाड़ी उस स्टेशन पर पहुंची जहां मुझे उतरना था, मैं अलविदा के लिए उसके पास गया। पता नहीं वह सो रहा था, सोने का बहाना कर रहा था, लेकिन वह हिला-डुला नहीं। मैंने उसका हाथ छुआ। उसने कम्बल फेंक दिया। मैंने देखा कि वह सोया नहीं था।

"गुडबाई !" मैंने अपना हाथ बढ़ाकर कहा।

उसने फीकी मुस्कान के साथ अपना हाथ मेरे हाथ में दिया। यह मुस्कान इतनी करुण थी कि मेरी आंखों में आंसू आ गए।

"मुझे माफ कर दीजिए।" उसने यही शब्द दुहराए, जिनके साथ उसने अपनी कहानी खत्म की थी।

◇◇◇